댕글댕글, 너와 나의 이야기

댕글댕글, 너와 나의 이야기

김나은

김성은

박효정

은혜쌤

백아현

전선아

임수연

열구름

쏘 쏘

글Ego

　어린 시절 시력이 떨어져 안경을 쓰게 된 저에게 어른들은 걱정부터 늘어놓으셨어요. 안경은 위험하다, 불편하다, 심지어 콧대가 낮아져 못생겨질 거다. 그런 말을 들으면 순간 불안해지기도 했어요. 하지만 사실, 걱정은 그때뿐이었죠. 호기심 많은 아이에게 안경이란 불편함보다 나만의 신기한 물건이 생겼다는 설렘, 그로 인해 세상이 잘 보이기까지 하니 그저 즐겁기만 했거든요. 눈앞은 조금 흐려졌지만 저의 마음은 여전히 맑았던 시절이네요.

　그러고 보면 눈은 얼굴이 아닌 마음에도 있는 것 같아요. 바로 세상을 바라보는 눈이요. 아이가 자라면서 시력이 떨어지듯 저는 나이가 들면서 마음의 눈이 나빠지나 봐요. 가끔 눈에 비치는 모습을 그대로 보지 않고, 제멋대로 판단해버리거든요. 또, 실체가 보이지 않는데 불안과 두려움부터 떠올리기도 해요. 할 수 있는 일이 많지 않았던 어린 시절이 지금보다 더 용감했던 이유는 아마 걱정보다 '있는 그대로' 볼 수 있는 마음의 시력이 좋았기 때문이겠지요. 이러다 안경 없이는 거울 속 내 얼굴도 볼 수 없는 것처럼 마음이 흐트러져 나 자신에 대해서도 제대로 볼 수 없게 된다면? 그건 너무 슬픈 일일 것 같아요. 아무래도 시야가 흐려진 마음에 안경을 써야겠어요.

저처럼 어린 시절의 마음으로 돌아가 다시 당차게 세상을 마주보고 싶은 어른들을 위해 마음의 안경이 되어 줄 이야기를 준비했어요. 이 책에 담긴 동화 속 주인공들의 이야기에 빠지다 보면 천진난만했던 내 모습을 몽글몽글 떠올릴 수 있을 거예요. 물론 가끔은 겁쟁이가 되는 어린 친구들도 꼭 읽어 보세요. 나와 닮은 주인공을 응원하다 보면 마음이 편안해지고 용기가 생길 거라 믿어요. 그리고 누구든 마지막 책장을 덮을 때에는 신기한 일이 벌어질지도 몰라요. 가령, 모두가 한숨을 쉬는 상황에서도 좌절이 아닌 '극복과 성장의 기회'로 문제를 바라보게 되거나, 위기 속에서 현상을 왜곡하기보다 스스로 방법을 찾고자 하는 긍정의 시선을 갖게 될 수도 있지요.

≪댕글댕글, 너와 나의 이야기≫의 작가 모두, 여러분이 언제까지나 희망찬 눈으로 거울 속 나와 내가 사는 세상을 헤아릴 수 있길 응원할게요.

- 공동저자 中 김나은

차 례

마법의 힘을 보여줘!

김나은

김나은　호기심 많은 겁쟁이. 동화 속 공주가 아니라는 사실은 일찍이 깨달았다. 그래도 늘 곁에

책을 두고 산 덕분에 명랑만화 같은 삶을 살고 있다. 우리 아이들이 인생에서 길을 잃었

을 때, 책 속에서 그 답을 찾길 바라며 독서의 중요성을 전하고 있다.

"대강아, 혹시 모르니 우산 챙겨가. 엄마 오늘 중요한 회의라 전화해도 못 받는다."

"…응."

오늘 아침에도 TV 속 예쁜 누나가 날씨를 알려줬다. 모처럼 맑은 날이 될 거라고 했지만 나는 하나도 기쁘지가 않다. 장마철이라 비가 계속 오는 바람에 며칠 동안이나 축구를 못해 비가 그치기만을 바랐는데. 어젯밤 엄마가 한 이야기가 내 머릿속에서 떠나질 않는다.

"아들, 단원평가 점수가 이게 뭐야. 단순 계산 문젠데 이렇게 많이 틀렸어?"

"아~ 엄마! 실수야. 실수. 실쑤쑤쑤~ 실쑤쑤쑤~ 도형문제는 거의 다 맞혔어."

"실수는 무슨! 또 문제 대충 읽었지? 너 매사 대강대강이야! 오늘도 친구들이랑 논다고 학원 시간에 늦었다면서!"

"애들이 내가 없으면 안 된대서 잠깐만 놀다가 가려고 했는데 그만 실쑤쑤쑤~ 실쑤쑤쑤."

"너! 지금 다른 친구들은 벌써 5학년 수학 푸는 친구들도 있고, 영어만 해도……."

엄마의 잔소리가 시작되나 보다 얼굴을 찌푸리는데 엄마는 아무 말 없이 나를 쳐다봤다. 사실 이럴 때가 더 무섭다.

"대강아. 우리 우수동으로 이사 가는 거, 더 미룰 일이 아닌 것 같아. 이사 가면 좋은 학원도 많고 공부하는 분위기부터 다를 거야. 거기다 할머니도 근처에 계시잖아."

아니나 다를까 엄마는 폭탄선언을 하고야 말았다.

"아 엄마~ 전학은 싫어! 거기 가면 친구들이랑…"

"여기보다는 너한테 좋은 환경이야. 엄마 마음먹었으니까, 그렇게 알아."

엄마는 내 말이 끝나기도 전에 단호한 목소리로 말했다. 다른 때와는 달리 너무 차분한 엄마의 말투에 무거운 돌 하나가 내 머리에 날아온 것 같았다. 쿵!

엄마가 이사 가려는 곳은 노마가 이사 간 동네다. 노마가 전학 간다고 했을 때, 내가 얼마나 기뻤는데 그 녀석이랑 또 같은 학교를 다닌다고? 노마가 전학 가던 날, 녀석이 내게 '해방'이라며 입을 뻥 끗거리던 게 아직 생생하다. 어른들은 노마가 키도 크고 공부도 잘한다고 예뻐하지만, 사실 그 녀석은 어른들 없을 때만 툭툭 치며 시비를 걸곤 했다. 잘난척쟁이라 친구도 없어서 인기 많은 나를 유난히 괴롭히던 녀석이란 말이다. 노마 녀석 얼굴만 생각해도 나는 소름이 돋는다.

"학교 다녀오겠습니다."

나는 아침도 뜨는 둥 마는 둥하고 집을 나섰다. 현관문을 닫을 때 엄마가 부르는 소리가 들렸지만 그냥 엘리베이터에 타버렸다. 엄마는 내 마음도 모르면서! 속에서 자꾸 뾰족뾰족 가시가 올라온다.

교실에 도착하니 오늘은 축구할 수 있다며 홍민이가 호들갑을 떨었다. 나는 축구를 할 수 있다는 사실에도, 오늘 급식에 특별히 나온 햄버거에도 그다지 신이 나지 않았다. 불쑥불쑥 노마의 얼굴이 떠오르기 때문이다.

"에이, 뭐야! 설마 비 오려는 건 아니겠지? 분명 오늘 비 안 온다고 했는데!"

5교시가 끝날 때쯤 잔뜩 실망한 홍민이 목소리가 들렸다. 창밖을 보니 언제 맑았냐는 듯, 하늘에는 먹구름이 잔뜩 끼여 있었다. 어둡고, 무겁고, 답답해 보이는 게 딱 내 마음 같던 하늘은 수업이 끝날 때쯤 결국 비를 뿌리기 시작했다. 내 대신 울기라도 하는 모양이다.

"아, 우산!"

나는 1층 현관으로 내려가서야 아침에 엄마가 부른 이유를 알 것 같았다. 홍민이라도 있으면 좋으련만, 오늘은 내가 꾸물거리는 사이 내 영혼의 단짝도 먼저 가버리고 말았다.

"이사 가면 할머니한테 연락하면 되니 비는 안 맞겠네."

이사 가는 장점을 하나 찾고 마음이 편해지려는 찰나, 이내 노마녀석 얼굴이 떠올라 나는 고개를 저었다. 샤워기를 틀어 놓은 것처럼 내리는 비에 정신이 나갔는지 헛소리가 다 나왔다. 그칠 기미가 없는 장대비를 바라보며 멍하니 서 있다 문득 정신이 들었다. 주위를 둘러보니 복도부터 계단, 그리고 내가 서 있는 현관까지 빗소리만 가득할 뿐, 아무도 보이지 않았다. 나는 괜히 바닥에 버려져 있는 사탕 막대를 발끝으로 쿡쿡 찍었다. 혼자 남았다고 생각하니 어쩐지 서러워져서 코가 찡해졌다. 그리고는 금세 눈물까지 차올랐다. 나는 누가 볼 새라 얼른 체육 창고 쪽으로 자리를 옮겼다. 현관과 그 왼쪽 편에 있는 체육 창고까지는 2층이 지붕처럼 튀어나와 있어 비를 피할 수 있다. 나는 현관을 등지고 있었지만 재빨리 손등으로 눈물을 닦았다. 그때 번쩍하고 번개가 쳤다. 놀란 나는 손등에서 손목까지 묻은 눈물을 바지에 닦고 고개를 들었다.

"저게 뭐지…?"

맨 살로 닦느라 눈에 눈물이 반쯤 남아 뿌옇게 보이기는 했지만 뭔가 환한 빛을 내는 물건이 보였다. 체육 창고 옆 좁은 화단, 거기에 내 팔뚝쯤 되는 길이에 형광 보라색을 띤 막대가 반짝이고 있었다. 신기한 색깔에 홀린 듯 나도 모르게 그쪽으로 향했다. 가까이서 보니 형광빛 보라와 연두가 섞인 오묘한 색을 가진 우산이었다. 누가 놔두고 갔나? 손잡이에 상표도 달려 있어 새것 같아 보였다. 나는 우산을 들고 명함 같이 생긴 종이를 살폈다. 한쪽에는 '내일의 우산'이라 적혀 있고 반대편에는 설명서 같은 긴 글이 적혀 있었다. '1. 이 우산은 누구나 3번까지 빌릴 수 있습니다. 2. 내가 알고 싶은 내일의…'

"김대강!"

정신없이 우산을 살펴보고 있는데 누가 나를 부르는 소리가 들렸다. 우리 반 반장 진선미였다.

"너 거기서 뭐 해? 학원 안 가? 차량 선생님이 너 데려오라 셔!"

내일 시험 친다고 이번 주는 일찍 나오라 하셨던 원장 선생님 말씀이 떠올랐다. 아뿔싸!

"아! 가야지!"

누구나 3번 빌릴 수 있다고 했으니까 일단 이 우산은 내가 접수다! 나는 묶인 끈을 풀고 우산을 펼치며 뛰었다. 선미랑 경쟁하듯 달려다 보니 금방 학원 차에 도착했다. 우산을 접으려고 우산대에 손을 뻗었다. 그런데 뭔가 이상했다. 우산 안에 이런 그림이 있었나? 우산 안쪽에는 70점짜리 수학 문제지가 프린트되어 있었다. 점수 옆에 그려진 하트 두 개가 인상적이었지만 기분 나쁜 디자인이었다. 100점도 아닌 70점에 하트 뽕뽕이라니! 나는 더 살펴보고 싶었지만 머리 위로 떨어지는 빗줄기에 얼른 우산을 접고 버스에 올랐다. 버스 창문에 맺혔다 미끄러지는 빗방울을 보며 유난히 긴 오늘이 빨리 지나갔으면 좋겠다 생각했다. 하지만 내일 있을 레벨 테스트 때문에 수학 선생님은 지우개 똥만큼 남아 있던 내 기운마저 다 가져가셨다.

"오늘은 숙제도 게임도 다 포기다."

어제 저녁도 먹지 않고 일찍 잔 덕분에 오늘은 기분이 좋다. 오후에 레벨테스트가 있다는 점만 빼면 말이다.

"대강아, 문제가 제일 중요한 거 알지? 문제 좀 꼼꼼하게 읽어. 이름처럼 대강 대강이면 안 된다!"

"우리 대강이, 이름을 아빠가 꼼꼼이로 지을 걸 그랬나 보네. 아! 내가 안 씌였으면 좋았겠다. 그럼 안 대강이잖아. 하하하하"

나는 늘 아빠 편이지만 뉴스보다 재미없는 아빠의 농담은 나도 도와줄 수가 없다. 김꼼꼼이라니. 맹꽁이 같은 이름이다. 어쨌든 오늘은 기분이 좋으니까 신경 좀 써 주겠어! 나는 각오를 다지며 씩씩하게 하루를 시작했다. 비도 그쳤고, 수업이 일찍 끝나는 수요일이라 축구할 시간도 충분하고 기분이 좋았다. 분명 레벨테스트도 잘 볼 것 같은 예감이 들었다.

"얘들아, 시험 결과 나왔다. 70점 이하는 선생님이랑 한 달 더 복습하고 가자."

선생님이 시험지를 나눠 주셨다. 하지만 결과는 70점. 오늘의 비는 하늘이 아니라 내 시험지에 내렸다. 빨간 빗줄기를 보니 엄마의 화난 얼굴과 이사 타령이 떠올랐다. 진짜 이대로 이사 가면 어쩌지? 지금부터 많이 먹으면 노마 녀석보다 덩치가 커질까? 머릿속에 오만 가지 생각이 들던 그때, 나는 스치듯 떠오른 장면에 그만 얼어 버렸다.

"이 하트 두 개…!"

"아, 그거? 선생님이랑 한 달 더 복습할 사람한테만 주는 선물이다.

욘석아."

어제 체육 창고 앞에서 주운 아니, 빌린 우산 속 그 시험지와 선생님이 주신 시험지의 점수, 하트 표시가 완전히 똑같았다. 온몸에 닭살이 돋았다. 내가 충격에 휩싸여 있는 동안 옆에서 애들이 무언가 말을 하는 것 같았지만 하나도 들리지 않았다. 얼른 집에 가서 하트 뽕뽕 시험지를 확인해 보고 싶은 생각만 들었다. 나는 하원 차에서 1등으로 내려 미친 듯이 달렸다. 그리고 엘리베이터에서 내리자마자 현관문 앞 자전거 바구니에 던져둔 우산을 펼쳤다.

"뭐야! 아무것도 없잖아!"

내 예상과는 달리, 어제 선명하게 프린트되어 있던 70점짜리 시험지는 온데간데없이 우산 안쪽은 새까맣기만 했다. 내가 분명히 봤는데, 정신 나간 사람이 된 것 같았다. 나는 애꿎은 우산 안쪽을 쓰다듬다 도로 우산을 접었다. 고개를 갸웃거리며 우산을 다시 넣으려는데 손잡이에 달린 상표가 눈에 들어왔다. 아 맞다! 설명서가 있었지. 나는 어제 설명서를 읽다만 기억이 났다.

---

1. 이 우산은 누구나 세 번까지 빌릴 수 있습니다.
2. 내가 알고 싶은 내일의 일을 볼 수 있습니다.
3. 빗방울이 많이 닿을수록 선명하게 볼 수 있습니다.
단, 우산을 네 번 이상 사용하면 우산을 빌리기 전날로 돌아가게 됩니다.

내일을 보여 주는 우산? 이게 마법 우산이라고? 뭐?! 진짜 마법 우산이라고? 나는 믿을 수가 없었다. 그런데 믿지 않을 수도 없었다. 내 두 눈으로 똑똑히 봤으니까! 나는 내 방으로 우산을 들고 와서 일단 문부터 잠갔다. 책상 위에 우산을 올려놓고 가만히 쳐다봤다. 그러고 보니 색깔부터 심상치 않았다. 마법 우산이라고 생각하니 오묘한 광택이 더 신기해 보였다. 그렇게 한참 우산을 바라보다 나는 기가 막힌 생각을 해냈다.

그날 저녁, 나는 엄마, 아빠를 한 자리에 모았다.
"엄마, 아빠 나 여기서 공부 열심히 하면 이사 안 가도 되는 거지?"
"갑자기 얘가 왜 이래? 떼쓸 생각이라면 시작도 하지 마."
"내가 여기서도 할 수 있다는 거, 보여줄게!"
"뭘?"
"다음 주에 있을 수학 시험에서 100점 맞으면 되지?"
"아니, 무슨 경시대회도 아니고. 학원 시험 한 번으로 뭘 판단하라는 거야? 이사는 널 위해서 하는 거야. 네가 아직 어려서 몰라서 그래."
엄마는 생각보다 쉽게 물러서지 않으셨다.
"그럼 독서 골든벨 대회에서 1등 할게!"
"뭐? 그거 너희 반만 하는 거 아니야. 진지초 3학년 전체 다 하는 거라고."
"알아! 엄마, 대신 내가 다 해 내면 이사 이야기는 없던 걸로 하기야."

내 말은 들은 아빠는 한쪽 눈을 찡긋 하며 웃어 주셨다.

"이사 가면 할머니도 계시고 좋은 점이 얼마나 많은데."

"대강이 엄마, 대강이 의지가 기특하니 한 번 믿어보자고."

그렇게 아빠의 도움으로, 나에게 한 줄기 빛이 보이는 듯했다.

아싸! 마법의 우산만 있으면 시험 문제를 알 수 있으니 문제없어! 거기다 장마 때는 매일 비가 온다고! 나는 방문을 닫자마자 입을 막고 방 안을 펄쩍펄쩍 뛰어다녔다. 소리를 내지 않으려고 했지만 너무 신이 나서 끅끅 소리가 새어 나왔다. 한바탕 기쁨의 세리머니를 끝낸 뒤, 나는 검은 티셔츠로 마법의 우산을 둘둘 말아 옷장 깊숙이 숨겨 두었다.

그날 이후 나는 가만히 있어도 실실 웃음이 났다. 매일 조심스레 방문을 잠그고 옷장을 열었다 닫았다 하며 우산이 잘 있나 확인했다. 꿈인가 싶다가도 티셔츠를 펼치면 우산이 환하게 빛나고 있어 마음이 놓였다. 엄마가 우산을 왜 여기에 뒀냐며 치워 버리는 끔찍한 꿈을 꾼 적도 있지만 다행히 그런 일이 실제로 일어나진 않았다. 마법의 우산이 생긴 뒤로 홍민이랑 축구를 못해도 좋고, 진선미가 읽던 책이며 지우개 가루가 내 책상까지 밀려 나와도 아무렇지 않았다. 급식에 나오는 시금치까지는 사랑할 수 없었지만 행복한 매일이었다. 적어도 일요일 저녁 일기예보를 보기 전까지는 말이다.

"한 주 동안 불안정한 대기에 많은 비로 많이 불편하셨죠? 다음

주는 정체되어 있던 장마 전선이 물러나면서 맑은 날이 이어지며 더위가 기승을 부리겠습니다. 이틀 전 발생한 제3호 태풍 '마호'는 현재 대만 남동쪽 부근에서 해상하고 있으며, 일본 오키나와 쪽으로 이동하여 우리나라에는 제주도 지역에만 간접적인 영향을 줄 것으로 예상됩니다."

선미가 장마 때는 매일 비가 올 거라 했는데 아무래도 속은 것 같았다. 똑똑한 줄 알았는데 뭐야! 그나마 수학 시험은 수요일이고, 독서 골든벨은 금요일이라 천만다행이었다. 둘 중 하나라도 월요일이었다면? 생각만 해도 아찔하다. 화요일에 비가 와야 수학문제를 볼 수 있고, 목요일에도 비가 와야 독서 골든벨 문제를 볼 수 있단 말인데, 기우제라도 지내야 하나? 나는 고속도로에서 쉬가 마려울 때처럼 초조해지기 시작했다. 내 속도 모르는 엄마의 성화에 일찍 잠자리에 누웠지만 좀처럼 잠이 오지 않았다.

지난주 비를 퍼붓던 하늘은 어디 간 건지 일기 예보처럼 월요일은 화창했다. 영원히 비 한 방울 내려주지 않을 것처럼 하늘에는 구름 한 점조차 없었다.

"야야, 패스, 패스!"

"대강이 쪽 비었어! 대강아 받아!"

연신 하늘만 쳐다보다가 공이 내 쪽으로 오는 줄도 모르고 또 공을 놓쳤다.

"김대강! 너 뭐야! 오늘 왜 이래?" 결국 희찬이가 화를 냈다.

"아… 그게…."

"야, 됐어. 됐어. 대강이 요즘 엄마 때문에 힘들어서 그래. 대충 하고 가자."

내 사정을 대충 알고 있는 '이노마 반대파' 홍민이가 내 편을 들어줬다. 지난주 내내 홍민이에게 마법의 우산 이야기가 하고 싶어 몇 번이나 입이 옴싹거렸다. 하지만 혹시 다른 사람이 알게 되면 마법의 힘이 사라질까 어금니에 힘을 주며 참았다. 아무한테도 말할 수 없는 데다 맑은 하늘만 보고 있자니 마음이 불편해졌다. 뭐라도 해야 할 것 같아 학원 수업을 평소보다 열심히 들었다. 집에 와서도 컴퓨터 대신 ≪만복이네 떡집≫ 책부터 꺼냈다. 수학도 수학이지만 문제는 독서 골든벨 대회이기 때문이다. 우승하려면 책 4권을 읽고 예선 문제 15개를 다 맞춰야 한다. 그렇게 결선에 올라가도 1명이 남을 때까지 계속 문제를 맞혀야 하는 최악의 방식이란 걸 오늘 알게 되었다. 아마 지난주에 알았다면 엄마한테 독서 골든벨 우승이라는 말은 절대 안 했을 거다.

"에휴"

나도 모르게 한숨이 절로 나왔다. 그래도 일단 책부터 읽어나갔다. 하지만 얼마 지나지 않아 스르륵 눈이 감겨왔다. 얼마쯤 지났을까?

"여보! 봤지? 대강이가 진짜 마음을 단단히 먹었나 봐!"

"책 한 권에 무슨 호들갑을 이리 떨까? 조용히 하고 방해나 하지 말아요."

퇴근하고 돌아온 엄마, 아빠가 속삭이는 소리에 정신이 들었다. 반가운 마음보다 엄마가 호락호락하게 물러설 것 같지 않아 슬퍼졌다. 저녁을 먹고 나는 당장이라도 침대로 가 눕고 싶었지만 아까 졸면서 지나친 곳을 더듬어 다시 읽어 내려갔다. 이야기는 재미있었지만 어쩐지 서글픈 밤이었다. 나는 달을 보며 내일은 꼭 비가 오게 해달라고 기도하고 잠을 청했다.

"오늘도 서울의 체감기온이 31도까지 오르는 등 불볕더위가 예상됩니다. 늦은 오후나 저녁 사이에 소나기 예보가 있으니 우산도 챙기시길 바랍니다."

아침을 다 먹어갈 때쯤 TV에서 일기예보가 나왔다.

"아싸!"

어제 내 기도가 통한 모양이었다. 나는 수학시험은 해결이 된 것 같아 마음이 한결 가벼워졌다.

"대강이 너 또 축구하려고 그러지? 축구하다가 학원시간에 또 늦으면 알지?"

"아 엄마는~ 걱정하지 마! 그때는 실쑤쑤쑤라고!"

비가 오기만 해 봐라! 나는 우산에 비친 문제를 기필코 다 외워버리고 말겠다고 다짐했다. 특히 문장으로 나오는 문제가 늘 걸림돌이었는데 이제 마법의 우산이 있으니 보고 외우면 그만이었다. 그래도 모든 숫자를 기억하긴 어려우니 공부를 하긴 해야 했다. 엄마 말처럼 '1+1'을 실수하지는 않을 테니까. 시간이 지날수록 이런저런 생각이 꼬리에 꼬리를 물자 나는 다시 불안해졌다. 아무래도 오늘은 원장 선생님 핑계를 대고 축구 대신 학원에 일찍 가는 게 좋겠다는 생각이 들었다.

저녁을 다 먹어 갈 때쯤 기다리던 비가 왔다. 나는 엄마 몰래 옷장에서 우산을 꺼내 살금살금 집에서 나왔다. 시험지를 보여줄까? 혹시라도 안 보이면 어쩌지? 진짜 마법 우산 맞겠지? 심장이 터질 것 같았다. 1층 자동문이 열리자마자 구석에 있는 자전거 보관대 지붕 밑으로 뛰어들었다. 우산도 안 쓰고 두리번거리며 뛰어가는 모습이라니. 누군가 봤다면 아마 도둑이라고 의심했을지도 모른다. 나는 떨리는 마음을 겨우 진정하고 눈을 질끈 감았다. 그리고 마침내 우산을 펼쳤다. 나를 빼고 모든 세상이 멈춘 듯했다. 미친 듯이 쿵쾅거리는 심장 소리에 빗소리도 들리지 않았다. 30초쯤 지났을까?

"투둑툭툭 투두둑둑둑"

빗방울이 우산을 두드리는 소리가 귀에 들어왔다. 나는 살짝 용기가 생겼다. 마지막으로 힘껏 숨을 들이마시고 내쉬면서 살며시 한쪽 눈만 떴다. 그리고 어깨에 걸친 우산대를 똑바로 세우고 조심스럽게 고개를 들었다.

"흐억!"

외마디 비명이 튀어나왔다. 세상에! 우산 속에 진짜 시험지가 찍혀 있었다. 나는 거짓말 같은 일에 한 번 놀라고 우산을 돌려 시험 점수를 확인하는 순간, 또 한 번 놀랐다. 선명하게 적힌 90점, 더구나 문장으로 된 마지막 문제는 잘려서 보이지도 않았다. 이건 예상치도 못한 일이었다. 첫날 별생각 없이 본 탓에 시험지 밑 부분이 잘린 채 보여줄지 꿈에도 몰랐다. 충격적인 결과에 멍해졌다.

"냐아옹~"

길고양이의 울음소리에 정신이 들었다. 나는 곧바로 집으로 돌아와 침대에 털썩 주저앉았다. 노마 녀석이 학교를 소개해 준다며 내게 어깨동무를 하고 히죽히죽 거리는 모습이 어른거렸다. 온 우주를 모래알로 덮을 만큼 답답해졌다.

"끄아아아! 절대 안 돼!"

나는 거실로 나가 100점은 너무 하다며 90점으로 낮추자는 말을 꺼냈다. 내가 생각해도 생떼나 마찬가지지만 달리 방법이 없었다. 겨우 아빠의 도움으로 엄마의 허락을 받았다. 그래도 기쁘지는 않았다. 문장으로 된 문제를 보지 못했을 뿐만 아니라 그 충격에 나머지 문제들도 기억이 가물가물했다. 아무래도 문제집에 틀린 문제라도 더 풀어야 할 것 같아 책상에 다시 앉았다.

다음 날, 늦게까지 공부하느라 피곤했지만 나는 그 어느 때보다 집중해서 시험을 쳤다. 그리고 진짜 어젯밤 우산에서 본 90점짜리 시험지를 돌려받았다. 어제 본 숫자를 제대로 기억 못 했으니 내 힘으로 푼 거나 다름없었다. 역시나 마지막 문제는 틀렸지만 나머지 계산 문제를 모두 맞혔다는 게 정말 뿌듯했다. 아이들 여럿을 제치고 멋지게 골을 넣었을 때처럼 어깨에 힘이 들어갔다. 나는 버스에 올라 엄마, 아빠에게 문자를 보냈다.

'첫 번째 미션, 성공!'

이제 남은 문제는 독서 골든벨 대회! 오늘도 컴퓨터 대신 책을 선택했다. 그저께 읽은 책을 제외하고 남은 책 중 얇아 보이는 책부터 집어 들었다. 혹시나 하고 슬쩍 책장을 넘겨봤지만 역시나 그림은 거의 없는 책이었다. 달팽이 그림이 그려져 있는 나머지 책도 글만 빼곡했다. '후우' 배꼽부터 밀어 올린 한숨을 코로 내뿜고 있는데 아빠로부터 전화가 왔다.

"오호호~ 우리 아들! 굉장하다아~! 굉장해! 아주 그냥 멋져부러!"

전화를 받자마자 한껏 흥분한 아빠의 목소리가 터져 나왔다.

"아빠도 참, 누가 들으면 100점인 줄 알겠어."

내가 읽어야 할 글자 수에 기가 눌려서인지 평소와는 달리 장난기 없는 대답이 나왔다.

"아빠는 맨날 100점 받는 것보다 70점 받다가 90점 받은 게 더 자랑스러운데? 우리 대강이가 마음먹으면 할 수 있다는 걸 보여준 거잖아! 그게 중요한 거지!"

"그런가…?"

"그럼! 열심히 한다고 다 되는 것도 아닌데, 넌 날 닮아 타고난 머리가 좋은 게 분명해! 하하하하. 먹고 싶은 거 없어? 우리 아들, 오늘 더블패티 햄버거, 어때?"

아빠의 호들갑 퍼레이드를 듣다 보니 나도 어느새 기운이 솟아났다.

"아빠? 오늘은 더블패티에 밀크쉘쉘 쉘쉘 셰이크도 추가요!"

통화가 끝난 뒤, 나는 달팽이 책을 펼치고 천천히 읽어 내려갔다. 어떤 문제가 나올지 몰라 평소보다 꼼꼼하게 읽어야 했다. 달팽이가 바다를 찾아가는 이야기였는데, 꽤나 흥미로웠다. 달팽이가 먹은 음식에 따라 똥 색깔이 바뀌고, 이 사실을 모르는 토끼가 놀라 팔짝 뛰는 장면은 정말 우스웠다. 또, 절벽에서 떨어진 달팽이를 구해준 고라니 아줌마와 달팽이가 헤어질 때는 내 마음이 다 쓸쓸해질 정도였다. 나는 마치 책 속에 빨려 들어갔다 나온 느낌마저 들었다. 신기한 경험이었다. 더 읽고 싶었지만 아빠가 오셔서 멈춰야 했다.

아빠가 사 온 밀크셰이크와 엄마의 잔소리 셰이크를 함께 들이키고 있는데 TV에서 일기예보가 흘러나왔다. 태풍 '마호'가 방향을 바꾸는 바람에 내일은 제주도부터 비가 올 거라고 했다. 어차피 독서 골든벨 대회는 마법의 우산만으로 해결할 수 없다는 걸 알고 있다. 그래도 뭐든 미리 알면 좋을 것 같아 다행이란 생각이 들었다. 마법의 우산은 마지막으로 뭘 보여줄까? 기대하며 나는 책갈피를 빼고 남은 이야기를 다시 읽어 나갔다. 동화 속 모험의 끝은 해피엔딩이었다. 온갖 역경에도 굴하지 않고 끝내 바다에 도착하는 달팽이를 보면서 덩달아 뭉클해졌다. 나도 달팽이처럼 할 수 있을까? 나는 어디까지 해낼 수 있을까? 처음으로 내가 가진 힘이 궁금해졌다.

어제 두꺼운 책부터 읽은 건 정말 잘한 일이었다. 두꺼운 책도 시간 가는 줄 모르고 읽은 통에, 얇은 책은 별 거 아닌 듯 묘한 자신감이 생겼다. 책을 펴면 몇 장이고 술술 넘어갔다. 읽느라 쉬는 시간이 끝난 줄도 모를 정도였다. 내 사정을 아는 홍민이조차 무섭게 왜 이러냐고 했지만, 나는 굴하지 않았다. 누가 뭐라 하든 기어이 바다에 간 달팽이처럼 말이다. 그렇게 나는 저녁 7시가 다 되어갈 즈음, 남은 책까지 몽땅 다 읽었다. 마지막 책장을 덮으며 두 팔을 쭉 뻗어 기지개를 켰다. 몸도 마음도 개운해지는 느낌이었다.

"엄마… 나 책 다 읽었는데 문제 좀 내주면 안 돼?"

아빠의 야근으로 할 수 없이 엄마에게 퀴즈를 내 달라고 했다. 엄마는 대답은 하지 않고 나를 멀뚱멀뚱 쳐다보기만 했다. 도와줘야 하나 말아야 하나 고민을 한 게 분명하다.

"엄마~"

"대강아, 엄마는 그 책 내용을 몰라. 알아야 문제를 내지! 바빠 죽겠는데 인석이 진짜… 일단 책부터 줘 봐. 엄마 다 읽고 1시간 뒤에 퀴즈 내줄게."

예상치 못한 답변이었다. 아군인지 적군인지 엄마 마음은 알다가도 모르겠다. 어쨌든 잠시 마음 편히 쉴 수 있는 시간이 생겨 좋았다. 엄마가 책을 읽는 동안 창 밖으로 빗방울이 떨어졌다. 몰래 우산을 챙겨 나가려는데 때마침 엄마가 나를 불렀다. 흠칫 놀랐지만 아무렇지 않게 우산을 신발장에 숨겨 두고 엄마에게 갔다.

"김대강, 준비 됐지?"

"응. 틀린다고 혼내기 없기."

엄마의 질문은 생각보다 날카로웠다. 제법 꼼꼼히 읽은 것 같은데 막상 엄마가 물으니 도통 기억나지 않는 문제도 꽤 있었다. 엄마랑 질문을 주고받으며 나는 책 내용을 모조리 씹어 먹은 것 같았다. 엄마는 내가 제법이라는 듯 눈을 한 번 크게 뜨고 눈썹을 추켜올렸다. 유쾌한 저녁이었다. 엄마가 이모와 통화를 시작하고 나는 몰래 우산을 들고 집을 빠져나왔다.

이번에는 모든 게 빨랐다. 자전거 거치대까지 가는 속도도, 우산을 펼치는 속도도. 어차피 한 두 문제를 보는 건 소용없는 일이라 내일의 우승자가 누구일지 제일 궁금했다. 나는 우산을 펼치자마자 고개를 들어 우산 속을 쳐다보았다. 도화지에 물감이 번지듯 스르르, 우산은 가운데부터 조금씩 변해갔다. 빗방울이 떨어질수록 그림은 선명해졌다. 우산 크기만큼의 세상에 나만 있는 것 같았다. 쏴아아, 빗소리만 가득한 이 세계에서 나만 볼 수 있는 놀라운 모습이 그려지고 있었다. 나는 조금씩 번지는 그림을 눈으로 좇았다. 그리고 얼마 뒤, 엄청난 충격에 빠지고 말았다. 우산을 접었다 다시 펴서 다른 장면을 보고 싶었지만 참았다. 한 번 더 펼치면 우산을 발견하기 전 날로 돌아간다고 했으니까. 되돌아가 첫 번째 미션부터 다시 하고 싶지 않았다.

제발 꿈이길 바랐는데 어젯밤 일은 꿈이 아닌 게 분명했다. 어젯밤 내가 찬 화단 속 나무 표지판이 쓰러진 채 아침까지 그대로 있었다. 속상하다고 엉뚱한 곳에 화풀이라니. 가뜩이나 심란한데 어제 내가 저지른 잘못과 마주하고 더 울적해졌다. 나는 학교 가기 싫은 마음을 간신히 붙잡아 터덜터덜 발을 옮겼다. 평소보다 학교 가는 길이 더 멀게 느껴졌다.

어쩌면 지각할지도 모르겠다 했는데 지각은 아니었다. 꼴찌로 반에 들어서니 애들은 벌써 아침 독서를 시작한 모양이었다. 자리에 앉았는데 선생님과 짝꿍 진선미가 보이지 않았다. 나는 두 사람이 나타나기 전에 책상을 들어 선미 자리와 살짝 틈을 두었다. 오늘은 절대 선미가 내 자리를 침범하게 두지 않으리라, 일종의 다짐이었다. 가방을 내려놓고 필통을 꺼내는데 교실 앞문이 열렸다. 그리고 선미의 가방을 멘 선생님과 선미가 등장했다. 아이들의 시선이 일제히 두 사람에게로 쏠렸다.

"선미야 괜찮아?"

"으아, 진짜 아프겠다. 무슨 일이야?"

웬일인지 선미를 걱정하는 아이들의 소리에 무슨 일인지 궁금해서 일어섰다. 어제까지 멀쩡하던 선미는 오른쪽 발에 깁스를 하고 있었다. 선생님은 서둘러 선미를 자리까지 데려다주시고 교탁으로 돌아가셨다. 아이들의 웅성거림이 이어지자 선생님은 선미의 사고에 대해 이야기해 주셨다. 선미는 어제 학원 차에서 내리다가 달려오던 배달 오토바이와 큰 사고가 날 뻔했단다. 간발의 차이로 부딪히진 않았지만 오토바이를 피하다가 넘어져 발목 인대가 다쳤다고 했다. 당분간 깁스를 하고 다녀야 하니 선미를 도와줄 것, 그리고 차에서 내릴 때도 주위를 살펴볼 것. 선생님께서는 우리 반 모두에게 이 두 가지를 당부하셨다.

옆 자리에 앉은 선미를 보니 나는 아까 책상을 옮긴 게 내심 미안해졌다.

"… 괜찮아?"

"어. 어제는 조금 아팠는데 지금은 약도 먹었고, 사실 아픈 것보다는 불편해."

비 오는데 신발도 못 신으니 내가 봐도 진짜 불편해 보였다.

"대강아, 너 그동안 책 열심히 봤지? 오늘 힘내."

"아니 뭐, 어차피 우승은 네가 할 거야."

나도 모르게 선미에게 비밀을 말해 버렸다. 어젯밤 마법의 우산이 내게 보여준 마지막 비밀은 바로 우승 트로피를 들고 웃고 있는 선미와 내 모습이었다. 선미가 우승자라니! 내가 얼마나 노력했는데 역시 무리였을까? 울어도 모자랄 판에 대체 뭐가 좋다고 웃고 있는지 내 모습이 바보 같아서 나는 화가 났던 거다. 그런데 선미가 다친 몸으로 우승까지 한다면 그건 진심으로 인정해야 할 것 같다.

"무슨 소리야. 나 어제 사고 때문에 병원도 가고 아파서 자느라 책도 다 못 읽었어."

"뭐? 책을 덜 읽었다고?"

믿을 수 없는 말에 목소리가 커져버렸다. 내가 큰 소리를 내서 선미가 핀잔을 주는 듯했지만 놀라느라 정확히 듣지 못했다. 책을 덜 읽었어도 우승을 할 수 있다고? 객관식만 나오는 거야? 도대체 어떻게 선미가 우승을 한다는 거지? 난 곰곰이 생각하다 어쩌면 나에게 아직 기회가 있을지도 모른다는 생각이 들었다. 사실 이대로 선미가 우승을 한다고 해도, 이렇게 가만히 있다가 노마네 학교로 끌려갈 수는 없었다. 다시 의욕이 불끈거렸다. 내가 어디까지 올라갈 수 있을지 해 보고 싶어졌다. 책 속에 나온 달팽이처럼 말이다! 나는 대회가 시작되기 전까지 틈만 나면 책을 펼쳤다.

"자, 4교시는 뭘 하는지 알지? 전부 강당으로 가서 줄 서자!"

선생님의 지시에 맞추어 전부 강당으로 이동했다. 그리고 반별로 색이 다른 야구 모자를 나눠 썼다. 내가 좋아하는 파란 모자가 우리 반 색깔이라니 마음이 조금 편안해졌다. 1반부터 5반까지, 100명이 조금 넘는 아이들이 한 팔 간격으로 자리를 띄우고 앉으니 강당이 꽉 차 보였다. 몸을 돌려 뒤쪽까지 훑어보니 내가 정말 1등을 할 수 있을까? 걱정이 되었다. 점점 자신이 없어지려는데 첫 번째 문제가 흘러나왔다. 책만 읽으면 누구나 풀 수 있는 수준이라 마음이 놓였다. 두 번째, 세 번째 문제도 마찬가지였다. 나는 문제가 끝나기도 전에 화이트보드에 답을 적기도 했다. 선생님이 불러주신 문제를 듣다 보면 책 속에 나왔던 장면들이 저절로 떠올랐다. 하지만 책을 안 읽은 친구들이 많은지 문제가 거듭될수록 탈락하는 아이들도 많아졌다. 탈락한 친구들이 창문 쪽으로 자리를 옮길 때마다 기쁜 마음이 들킬까 입술을 꼭 다물었다. 나는 생각보다 가볍게 15문제를 모두 맞추고 결선에 진출했다. 최종 진출자는 총 15명이었다. 그중에는 우리 반 부반장 지원이도 있었다. 나는 선미가 예선 탈락이라는 사실에 놀라움과 기대감이 동시에 들끓었다.

"결선 진출자들은 모두 단상 위로 올라오세요."

1반 선생님의 호출에 나를 비롯한 15명은 내 키만큼 높은 단상 위로 올라가 친구들을 향해 나란히 앉았다. 강당 바닥에 두 줄로 가지런히 앉아 있는 파란 모자들이 보였다. 그리고 나와 지원이를 위해 친구들이 각자의 화이트보드에 쓴 응원 메시지도 보였다. 우리 반 모두의 응원과 기대를 한 몸에 받다니. 별안간 가슴이 벅차고 뭉클해졌다.

　"자, 결승전 첫 번째 문제입니다."

　드디어 결승전이 시작되었다.

　"≪마법의 설탕 두 조각≫에서 렝켄이 손가락만큼 작아진 부모님을 안전하다며 옮긴 곳은 어디일까요?"

　다행히 첫 번째 문제는 주인공의 행동이 나는 이해가 안 된다며 엄마한테 조잘조잘거렸던 책이라 어렵지 않았다. 선생님이 정답을 외치는 순간 우리 반 아이들의 함성 소리가 '와~' 하고 터져 나왔다. 기뻐하는 친구들을 보니 쑥스러우면서도 기운이 났다. 첫 번째 문제에서 정답인 장식장이 아닌 선반이라고 쓴 친구를 포함해 2명이 탈락했다. 이후 두 번째, 세 번째, 그리고 네 번째 문제까지 9명이 추가로 탈락했다. 특히 5명이나 떨어진 네 번째 문제에서는 우리 반 지원이도 답을 쓰지 못했다. 자리에서 일어서던 지원이는 멋쩍은 듯 웃으며 내게 '파이팅'이라고 말해 주었다. 나는 우승을 바라면서도 파란 모자를 쓴 동지가 떠나가는 건 어쩐지 쓸쓸한 기분이 들었다.

　"김대강! 김대강! 김대강!"

지원이가 내려가고, 파란 모자들이 연신 내 이름을 외치기 시작했다. 우리 반 아이들의 기세에 다른 반 친구들도 저마다 이름을 외쳤지만 나는 우리 반 응원소리가 제일 크게 들렸다. 친구들의 초롱초롱한 눈빛과 우렁찬 응원 소리에 다시 가슴이 찡해졌다. 반드시 이겨야 할 것 같은 책임감마저 들었다. 나는 손에 묻은 땀을 바지에 닦아 내고 다시 한 번 보드마카를 꼬옥 쥐었다. 곧이어 다섯 번째 문제가 흘러나왔다.

"자, 최초의 고생물학자 메리 애닝은….."

메리 애닝에 관한 설명이 시작되자 나는 문제가 어려울 것 같은 예감이 들었다. 화석을 연구하는 과학자를 고생물학자라고 부르는 걸 이번에 책을 읽으며 처음 알았다. 브라키오 사우르스, 파키케팔로 사우르스 등 어려운 공룡 이름도 줄줄 꿰고 있는 공룡 박사지만 메리 애닝이라는 사람은 낯설었다. 애써 불안한 마음을 누르며 끝까지 문제를 듣고 있던 나는 피식 웃고 말았다. 문제는 바로 메리 애닝이 처음으로 발견한 뼈에 관한 것이었기 때문이다. 공룡이라는 말이 생기기 전의 이야기라 내가 엄마한테 설명해 주기도 했었다. 나는 빠르게 '어룡'이라 쓰고 자신 있게 괄호를 열어 '물고기 도마뱀'이라는 뜻까지 추가로 적었다. 그리고 당당하게 정답판을 들어 올렸다. 빨리 정답을 확인하고 싶었지만 아직 답을 쓰지 못한 친구가 있어서 잠시 기다려야 했다.

"5, 4, 3, 2….."

선생님을 따라 친구들도 목청껏 숫자를 외쳤다. 결국 그 친구는 정답을 못 쓰고 화이트보드로 얼굴을 가렸다. 정답이 발표되고 나는 어느 때보다 힘차게 정답판을 흔들었다. 남은 4명 중 2명이나 답을 맞히지 못했다. 아까부터 긴장돼서 날뛰던 심장이 친구들의 함성소리에 폭발할 것 같았다. 이제 나와 초록색 모자를 쓴 여자 친구만 남았다. 믿기지 않는 상황에 놀라웠지만 나는 이내 정신을 차렸다. 이제 딱 1명만 이기면 된다. 제발… 제발… 나는 더 간절해졌다.

"이제 단 두 명이 남았네요. 초록색 모자 4반 나이수, 파란색 모자 5반 김대강. 두 사람 모두 힘내세요. 자, 여섯 번째 문제 나갑니다."

1반 선생님께서 불러주신 여섯 번째 문제는 ≪안녕? 난 미래를 달리는 자동차야≫에서 나온 친환경 자동차 넥쏘에 관한 것이었다. 넥쏘가 달리기 위해 산소와 무엇을 결합하여 전기를 만드는지 묻는 문제였는데 좀처럼 생각이 나지 않았다. 대부분의 답을 시원시원하게 쓰던 나는 점점 초조해졌다. 강당이 숨 막힐 듯 고요하게 느껴졌다. 눈을 감고 기억을 떠올리려고 안간힘을 썼다. 산소처럼 앞에 'ㅅ'이 들어가는 소였는데… 사소, 상소, 성소, 시소, 소소, 수소, 어? 수소! 맞다! 수소전기차! 마침내 정답이 떠올랐다. 나는 재빨리 답을 써냈다. 정답을 찾았다는 벅찬 마음 때문인지 손에 힘이 들어가 다른 때보다 글자가 굵어졌다. 펜을 놓고 힘차게 화이트보드를 머리 위로 들었다. 우리 반 선생님의 표정을 보니 내가 쓴 답이 정답임이 틀림없었다. 양팔에 자꾸 힘이 들어가 정답판을 든 손끝이 새빨개졌다. 곁눈질로 보니 나이수는 아직 고개를 숙이고 있었다. 제발, 쓰지 마. 제발! 나는 속으로 빌고 또 빌었다. 그러나 내 바람과는 달리 나이수는 제한시간 안에 정답판을 들어 올렸다. 또 문제를 풀어야 하나, 못내 아쉬워 힘이 빠졌다.

"정답은… 정답은 바로, 수소입니다."

정답 발표가 끝나자마자 아이들의 환호성과 함께 내 눈앞에는 놀라운 광경을 펼쳐졌다. 파란 모자를 쓴 우리 반 아이들이 자리에서 일어나 얼싸안고 방방 뛰고 있었다. 얼른 고개를 돌려 나이수의 정답판을 보니, 거기에는 답 대신 '4반 파이팅'이 적혀 있었다.

"워으악!"

나도 모르게 괴상한 비명을 지르고 말았다. 내가 이겼다! 나는 입을 벌린 채 그대로 멈춰버렸다. 온몸의 세포들이 감전된 것처럼 찌릿찌릿거렸다. 이게 꿈인가 생시인가 싶었다. 정말 기적 같은 일이 벌어졌다.

겨우 정신을 차리고 내 자리로 돌아가니 친구들이 꿈이 아니라는 걸 알려줬다. 아이들의 격한 축하에 모자가 벗겨지고 옆구리가 찔려 살짝 아프기도 했지만 그저 행복했다. 이 녀석들이랑 계속 학교를 다닐 수 있다는 게 가슴 벅차게 좋았다.

얼마 후 시상식이 시작되고 마지막으로 남아있던 4명의 이름이 다시 불렸다. 나는 가장 마지막에 그토록 바라던 우승 트로피를 받고 위풍당당하게 교실로 돌아왔다. 책상 위에 트로피를 올려놓자, 선미가 쓱 가져갔다.

"와~ 이게 제법 멋진데? 축하해. 김대강!"

선미의 말에 나는 활짝 웃었다. 그리고 바로 지금이 마법의 우산이 보여 준 마지막 장면이라는 걸 깨달았다.

엄마에게 우승 트로피를 건네자마자, 엄마는 나를 와락 끌어안았다. 그리고는 거실 책장 한가운데를 비우고 거기에 내 우승 트로피를 올려놓았다. 가만히 나를 쳐다보는 엄마의 표정도, 그런 엄마의 눈동자에 비친 내 모습도 어제와는 사뭇 달라 보였다.

이사, 마법의 우산, 수학시험, 독서 골든벨 대회까지. 돌이켜 보니 지난 2주 동안 참 많은 일이 있었다. 막막해서 마음 졸인 시간들이었지만 포기하지 않은 내가 스스로 기특했다. 마법의 우산만 믿고 시작한 무모한 도전이지만 나는 결국 해냈다. 이렇게까지 간절하게 노력해 본 적이 없어서 몰랐는데, 마음만 먹으면 뭐든 할 수 있다는 엄마 말은 진짜였다. 이제 무슨 일이든 다 해낼 수 있을 것 같은 자신감이 솟아났다. 다른 누군가에게도 가슴 벅찬 이 기분을 나눠주고 싶어졌다. 나는 옷장에서 마법의 우산을 꺼내 가방 안에 넣었다.

다음 날 친구들이 모두 집으로 돌아간 뒤, 마법의 우산을 처음 만났던 체육창고 옆 화단에 살포시 놓고 왔다. 우산을 가져간 사람에게 좋은 일이 일어나길 바라며. 며칠 뒤 우산은 사라지고 없었다.

블루블루밥

김성은

김성은   다름을 존중해야 한다는 명목으로 옳고 그름을 없애버린 요즘을 사유하는 요즘 것

"엄마나 많이 드세요!"

나도 모르게 엄마에게 소리를 꽥 질러버렸다. 엄마는 안 그래도 큰 눈을 두 배나 더 키우면서 나에게 다가왔다. 엄마의 눈이 커질수록 눈썹이 이마 끝에 닿을 것 만 같았다.

"김우인! 너 말버릇이 그게 뭐야?"

엄마의 목소리는 마치 유리가 깨지는 것 같이 들렸다. 하지만 이왕 이렇게 된 거, 나도 물러설 수 없었다. 지난번 단무지 쿠키에 이어 지금 이 정체를 알 수 없는 빵까지. 지금이라도 싫다고 말하지 않으면 앞으로 더 이상 정상적인 음식을 못 먹게 될 것 같았다.

"한참 자라나야 할 때 이런 음식을 먹으면서 어떻게 키가 크겠어요! 이대로 키가 안 크면 다 엄마 때문인 줄 아세요!"

나는 방으로 돌아와 문을 닫고 침대에 누웠다. 의도했던 것보다 방문이 더 세게 닫혀버린 것 같아 순간 다시 닫을까 고민했지만, 아무렴 상관없다. 사실 난 그저 맛있는 간식이 먹고 싶었을 뿐이었는데,

키 얘기는 왜 했는지 모르겠다. 그래도 이렇게 표현하니 조금은 속상한 마음이 해소되는 것 같았다. 4학년 때까지만 해도 엄마와 닮은 구석도 많고 통하는 부분이 많다고 느꼈는데, 5학년이 되니 나와 엄마는 도무지 닮은 구석이라고는 찾아볼 수 없다. 아니 조금 더 정확히 말하자면, 내가 5학년이 되면서부터 엄마는 이상한 음식을 만드는 과정을 촬영해 인터넷에 올리기 시작했다. 그리고 엄마의 블로그는 불과 몇 달 만에 유명해졌다. 심지어 지난주에는 방송국에서 엄마를 인터뷰하고 싶다며 집에 찾아오기까지 했다. 사람들은 엄마의 레시피 대로 음식을 먹어 보고나 그렇게 열광하는 걸까? 도무지 이해할 수 없는 부분이 한두 가지가 아니다. 이런 심란한 내 마음에 부채질을 하려는 건지, 굳게 닫힌 방문을 용케 뚫고 들어온 영양 듬뿍 머핀의 달콤한 냄새가 마치 한 입만 먹어보라고 날 설득하는 것 같았다.

'영양 듬뿍 머핀~ 저도 아들에게 해주려고요!'
'지난번 단무지쿠키 포스팅 너무 잘 봤어요~ 유치원생 딸이 어찌나 잘 먹던지!'
'유인이 어머님 음식은 언제나 최고예요~'

엄마의 요리를 좋아하지는 않지만, 엄마 블로그에 남겨진 후기들을 읽는 건 중요한 일과가 되었다. 정말 나 같이 느끼는 사람은 없는 걸까? 엄마가 만든 음식을 한 입 베어 무는 생각을 하면, 명치에서부터 무언가가 꿈틀거리며 내 몸속을 휘젓고 다니는 것 같다. 어느덧 달콤한 냄새가 익숙한 듯 맛있는 냄새로 바뀌었다. 조금 전 엄마에게 투정 부렸던걸 생각하니 괜히 민망한 마음마저 들었다. 침대에서 내려와 방문을 슬그머니 열자마자 고소한 냄새가 나를 휘감아 부엌으로 이끌었다. 엄마는 이번에도 어김없이 카메라를 옆에 두고 무언가를 열심히 요리하며 설명하고 있다.

"블루베리를 잘게 다져 주세요. 네, 믹서기에 넣고 하셔도 되는데 식감을 위해서 이렇게 수저로 대충 부셔준다는 느낌으로!"

"으음~ 맛있는 냄새~ 엄마, 뭐 만들어요?"

엄마는 대답 대신 날 슬쩍 노려봤다. 그리곤 다시 카메라를 보곤 웃으며 말하기 시작했다. 아, 또 시작인가. 아까도 달콤한 냄새에 속아 그 이상한 머핀을 하마터면 크게 한 입 베어 먹을 뻔했는데, 내가 이 냄새에 홀려 또 방심했다. 무슨 음식인지는 모르겠지만, 엄마의 반응으로 미뤄보면 분명히 정체를 알 수 없는 무언가가 만들어지고 있는 게 틀림없다.

"아직 블루블루밥이 완성되지 않았는데, 우리 막내가 벌써 냄새 맡고 나왔어요~ 자, 이제 거의 다 끝났습니다. 이제 준비한 재료를 모두 넣고…"

분명 냄새는 너무 좋았는데. 냄새에 자꾸만 속는 내가 상당히 나약하고 한심하게 느껴졌다. 누군가 보이는 게 전부가 아니라는 말을 했다고 한다. 나는 그 말에 '맡아지는 냄새가 전부는 아니다'라는 말을 더해 종이에 적었다. 그리고 두 번 다시 속지 않기 위해 내 방문 안 쪽에 딱 붙였다.

"이야, 엄마가 정말 맛있게 생긴 요리를 했네~ 냄새도 너무 좋고! 엄마는 식당해도 정말 잘 될 것 같아! 유인아, 우인아 어서 먹어봐"

"잠시만요, 모두 잠시 멈춰주세요~ 김우인, 옆으로 좀 비켜봐. 오케이~ 사진 좀 찍을게요~"

찰칵. 찰칵. 찰칵.

유인. 흐를 [유]에 사람 [인]으로, 언니가 살아가는 날 동안 물 흐르듯 별 일 없이, 또는 별 일이 있어도 흘려보내며 무탈하게 살아가라고 부모님이 지어주신 이름이다. 그래서인지 언니는 정말 이름대로 별로 거슬리는 게 없나 보다. 어떻게 이 음식을 보고도 저렇게 해맑게 사진을 찍어대며 아무렇지 않을 수 있는지 그저 신기할 따름이다. 마냥 신나 있는 언니를 보고 다시 블루블루밥을 보니, 블루블루밥의 생김새가 그렇게 맛없어 보이지는 않았다. 특히 밥 위에 잔뜩 뿌려진 하얀색 소스가 한층 더 맛있게 보이게 하는 것 같다.

"감사히 먹겠습니다!"

아빠가 먼저 한 숟가락을 크게 뜬 후 블루블루밥을 먹기 시작했다. 아빠의 미간이 살짝 찌푸려졌다. 그리곤 몇 번 씹지도 않은 채 꿀꺽 삼키셨다. 이미 어느 정도 마음의 준비는 하고 있었지만 불길한 느낌이 한층 더 강하게 엄습해 왔다.

"으음~ 이색적이고 독특해! 괜찮네~ 어때 유인아? 우인아 너도 빨리 먹어봐"

아빠가 본심을 말하지 않고 있다. 나는 아빠의 목이 힘겹게 움직이는 그 순간을 포착했는데, 아빠는 지금 아빠의 솔직한 느낌과는 반대로 말하고 있다. 생김새도, 냄새도 모든 게 좋아 보이는 이 블루블루밥을 한 입 먹기까지 조금 더 마음의 준비가 필요할 것 같다.

"우와, 밥이랑 요플레랑 이렇게 잘 어울릴 줄이야! 이거 먹고 조금 더 먹어도 되죠? 역시 우리 엄마 최고!!"

맙소사! 머리가 띵-하다. 저 하얀색 소스가 치즈가 아니라 요플레였다니. 믿을 수 없다. 요플레는 차갑게 먹어야 하는데 심지어 따뜻한 밥 위에 올라가 있다니! 낯설다 못해 먹기가 두려워졌다. 도대체 난 언제쯤 편하게 밥을 먹을 수 있을까? 가족들이 즐겁게 먹는 모습이 왠지 모르게 서글프기까지 했다. 나는 마음을 가다듬고 숟가락을 내려놨다. 그리고 천천히 일어나 냉장고에서 우유를 꺼내 시리얼과 함께 담아 식탁으로 돌아왔다. 순간 정적이 흘렀다. 아빠, 엄마, 언니 모두가 날 보고 있었는데 그중에서도 특히 엄마의 시선이 제일 뾰족하게 느껴졌다.

"김우인. 너 지금 뭐 하는 거야?"

"시리얼이라도 먹으려고요. 엄마도 정말 너무해요. 정상적인 음식 좀 만들어주면 안돼요?"

엄마의 긴 속눈썹이 파르르 떨렸다. 하얀 엄마의 얼굴이 마치 잘 익은 토마토와 같이 변해있었다.

"엄마가 준비하는 음식들이 지금 비정상적이라는 거야? 엄마는 어떻게 하면 우리 가족에게 조금이라도 더 맛있고 좋은 음식을 줄 수 있는지 항상 고민한다고! 게다가 다른 사람들도 엄마 요리를 얼마나 좋아하는데. 하긴, 네가 뭘 알겠어!"

갑자기 눈물이 핑 돌았다. 마음속 깊숙이 묵어가고 있던 속상함이 제 자리를 찾지 못하고 마침내 새어 나오고 말았다. 엄마, 아빠, 언니를 차례대로 쳐다봤다. 그리고 그런 엄마와 나를 어쩔 줄 몰라 하며 번갈아 보고 있는 아빠와 이 와중에도 누군가와 문자를 주고 받고 있는 언니. 순간 우리 집에서 정말 이상한 사람은 엄마가 아니라 내가 아닐까 하는 생각이 스쳤다. 아빠가 날 지그시 바라보며 천천히 말하기 시작했다.

"그래 우민아, 모든 음식이 네 입맛에 딱 맞을 수는 없어. 그래도 음식을 준비한 사람을 생각해서 맛있게 먹어줄 수도 있어야 해."

나도 다 안다. 내 마음에 꼭 들지 않더라도, 음식을 준비한 사람을 생각해서 맛있게 먹어줄 수 있어야 한다는 것쯤은 나도 다 안다. 하지만 엄마가 만든 음식은 도무지 참고 먹어줄 수 있는 음식들이 아니다. 맛없는 음식을 먹으면서 맛있는 척이라도 하라는 건지. 도대체 어떻게 해야 할지 모르겠다.

"우인아, 우인이가 사랑하는 엄마가 만든 음식을 도저히 먹을 수 없는 것과 같이 정말 싫은데도 불구하고 상대방을 존중하고 배려해야만 하는 순간이 아빠에겐 정말 많았어. 우인이도 나중에 회사에 가면 알게 되겠지만, 이런 순간이 오면 우인이의 생각이나 마음을 분명하게 표현할 줄도 알아야 해. 하지만 그 표현에 우인이의 마음만 있으면 안 돼. 상대방을 존중하는 마음도 함께 담아야 하는 거야."

내 말이 그 말이다. 그래서 그 존중하는 마음을 어떻게 담아내는 건지 모르겠는데, 자꾸만 내 마음과 상대방의 마음을 함께 담아내야 하는 일이 너무 자주 생기는 게 문제다. 더군다나 먹는 걸로 자꾸만 이런 문제가 생긴다는 게 참 치사할 노릇이다. 도대체 엄마에게 이 답답함을 어떻게 표현해야 했던 걸까?

"그리고 입맛이라는 건 변하기도 해. 그러니까 한 번 먹어보는 게 어때"

아빠가 아직도 말하고 있다. 사실 따지고 보면 블루블루밥이 먹으면 안 되는 독약과 같은 음식은 아니다. 단지 내가 익숙하지 않은 재료들의 조합일 뿐이지, 조금 전 엄마가 열심히 만든 신선한 음식이다. 그래. 눈 딱 감고 한 입만 먹어보자. 그리고 도대체 이게 왜 먹을 수 없는 음식인지 엄마에게 조목조목 설명해 줘야겠다. 나는 최대한 요플레 부분을 피해, 밥 한 숟가락을 깨작깨작 긁어모았다. 따뜻하고 달짝지근한 블루베리의 새콤함이 밥알들과 함께 입 안을 채워갔다. 나는 이 새콤달콤함을 조금 더 느껴보고 싶어 요거트를 콕 찍어 먹었다. 분명 말도 안 되는 이 조합이 함께 모여 오묘한 맛을 낸다. 그래. 두 번은 먹어봐야 이게 왜 이상한 음식인지 정확히 알 수 있지! 이번엔 한 숟가락 듬뿍 떴다. 그리고 다시 한번, 이번엔 요거트도 듬뿍 묻혀 입 안에 넣었다.

윽… 조금 먹었을 땐 분명 괜찮은 듯했는데, 작정하고 제대로 한 입 떠먹어보니 아까 아빠가 왜 삼켰는지 알 것 같다. 첫맛은 달고 새콤한데, 달고 새콤한 맛 가운데 밥알의 고소함은 영 어울리지 않는 조합이었다. 조심스레 엄마의 반응을 살피며 입을 뗐다..

"사람들이 왜 좋아하는지는 알 것 같은데, 저는 블루블루밥이 별로예요. 개인적으로 새콤달콤한 맛은 고소함이랑 어울리지 않는 것 같아요. 그리고 저는 한 음식에서 너무 다양한 맛이 나는 건 조금 별로인 것 같아요"

휴. 이 정도면 앞으로 블루블루밥과 같은 요리를 먹고 싶지 않다는 내 마음이 전달되었을까? 엄마가 옅은 미소를 띠고 있다. 앞으로 엄마의 이상한 요리를 얼마나 더 견뎌야 할지는 모르겠지만, 그래도 블루블루밥을 향한 내 마음은 나름 잘 표현해 본 것 같다.

노란 눈사람

박효정

박효정　세상 모든 어린이들이 자유롭고 무한하게 꿈꿀 수 있기를 바래요. 한때는 우리도 모두
　　　어린이였습니다. 어린이를 존중하고 이해해 주며, 어린이들에게 따뜻한 마음과 행복을
　　　안겨주는 멋진 사람이 되고 싶어요.

세상 모든 어린이들에게는 '순수함'이라는 티 없이 맑고 예쁜 마음이 고스란히 담겨 있습니다. "여러분, 혹시 '노란 눈사람'을 본 적 있나요?" 어린이들에게 해피 언니가 전하는 사랑스럽고 따뜻한 첫 번째 '행복' 이야기, 세상에 단 하나뿐인 '노란 눈사람'을 소개합니다.

"다녀왔습니다!"
엄마를 향해 인사를 한 뒤, 그러고는 가족사진 앞에 우두커니 선 아이.
'아빠! 오늘도 난 엄마 말 잘 듣고 씩씩하게 밥도 잘 먹고 유치원도 잘 다녀왔어!'
호야는 아빠를 정말 사랑하는 귀엽고 사랑스러운 여섯 살 꼬마 아가씨예요.
그런데 작년 겨울, 호야의 아빠는 예쁘고 소중한 딸 호야를 남겨 두고 하늘나라로 떠나셨어요.

떠나기 전 아빠는 말씀하셨죠. "호야, 아빠는 저기 밤하늘에 별이 되어 우리 호야가 두렵지 않게, 외롭지 않게 반짝반짝 빛이 되어줄 거야. 그러니 호야, 아빠가 보고 싶을 땐 밤하늘의 별을 봐주렴."

그렇게 아빠가 떠나신 후, 호야는 매일 밤 아빠를 그리워하는 마음을 담아 하늘을 바라보았어요.

호야는 말이죠. 겨울을 참 좋아해요. 호야가 태어난 계절이기도 하지요. 호야는 그중 크리스마스를 가장 좋아한답니다. 반짝반짝 찬란히 빛을 내는 크리스마스트리, 하루 종일 울려 퍼지는 즐거운 캐럴까지. 크리스마스는 저마다 행복한 모습을 띠며 사랑하는 사람들과 함께하는 그런 날이지요. 그래서 호야도 사랑하는 가족과 함께하는 크리스마스를 무척이나 좋아하고 행복해했어요.

오늘 호야는 엄마와 크리스마스트리를 꾸미기로 했어요.
"엄마! 마지막에 별은 내가 올릴 거야! 알겠지?"
엄마는 호야를 번쩍 높이 안아주었어요. 엄마 품 속에서 호야는 트리 꼭대기에 별을 살포시 올렸어요.
"우와! 드디어 완성! 아빠 우리가 만든 트리 예쁘지?" 호야와 엄마는 서로 바라보며 싱긋 웃어 보였어요.
그날 밤, 잠들기 전 호야는 하늘의 별을 보며 이야기했어요,
'아빠, 이번 크리스마스에는 눈이 올까? 눈이 펑펑 내렸으면 좋겠다!'라며 배시시 웃으며 잠이 들었죠.

하늘에 유난히 반짝이는 별들로 가득한 12월 어느 겨울밤이었어요.

크리스마스 하루 전날인 오늘, 별들은 밤새 노란빛을 띠며 잠든 호야의 곁을 지켜주었어요.

'반짝반짝, 우리 호야 자장자장' 찬란하게 빛을 내던 노란 별들이 하나둘씩 모이더니 '슝- 슝-' '휘리릭 휘리릭' 떨어지기 시작했어요. 그러더니 어느새 그 별들은 노란 눈으로 변하여 떨어졌어요.

다음날 크리스마스 아침, 밤새 펑펑 내린 별 아니 눈 덕분에 온 세상은 노랗게 물들어있었어요.

"우와~ 정말 눈이 내렸어! 아빠! 정말 눈이 왔어!"

호야는 행복한 미소를 지으며 반짝반짝 빛나는 노란 눈밭으로 달려나갔어요.

"복실아 얼른 나와봐! 정말로 눈이 내렸어! 노란색 눈이야! 이리 와서 한번 봐봐!"

신이 난 호야는 강아지 복실이에게 얼른 오라 손짓했어요. '뽀드득뽀드득' 노란 발자국을 남기며 호야와 복실이가 '폴짝폴짝' 뛰어다녔어요.

"복실아! 우리 같이 눈사람 만들어볼까? 노란 눈사람 말이야!"

복실이는 호야의 물음에 꼬리를 살랑살랑 흔들며 좋아했어요.

호야는 둥글게 둥글게 눈을 굴리더니, 금세 눈사람의 몸을 만들었어요.

그러고는 또 '둥글둥글' 눈을 굴렸어요, 호야의 몸집보다도 더 큰 눈덩이를 '턱'하고 그 위에 쌓았더니, 정말 노란 눈사람이 나타났어요.

"우와~ 노란 눈사람이다! 노란 눈사람아, 안녕?"

호야가 노란 눈사람에게 미소를 지으며 인사를 전했어요.

'반짝' 노란 눈사람은 하늘의 별보다도 더 눈부시게 빛이 났어요.

노란 눈사람은 겨우내, 호야의 집 마당 앞에서 호야네 식구들을 든든히 지켜주었어요.

"노란 눈사람아 나 왔어!"

유치원에서 다녀온 호야가 노란 눈사람에게 인사를 전했어요.

"노란 눈사람아, 오늘도 우리 호야랑 재밌게 놀아주렴"

장바구니를 들고나오는 엄마도 노란 눈사람에게 한마디 건네었어요.

"멍멍! 멍멍 멍멍!"

호야네 복실이도 신나게 꼬리를 흔들며 노란 눈사람을 바라보고는 힘껏 소리쳤어요.

오늘도 호야는 노란 눈밭으로 나가 썰매도 타고, 복실이와 눈싸움도 하고, 노란 눈사람과도 신나게 놀았지요.

재밌게 놀던 호야는 살며시 노란 눈사람 옆에 기대어 앉았어요.

"노란 눈사람아! 난 사실 아빠가 너무 많이 보고 싶어, 매일매일 아빠가 보고 싶고 또 보고 싶어.

아빠랑 항상 맛있게 나누어먹던 아이스크림, 아빠가 매일 들려주던 노래, 잘 때마다 아빠가 해주던 팔베개, 따뜻하게 안아주던 모든 것들이 생각이 나. 난 우리 아빠가 정말 보고 싶어."

호야의 예쁜 두 눈에서 결국 그동안 참아왔던 눈물이 흐르고 말았어요.

"나는 아빠 생각만 하면 나도 모르게 자꾸 눈물이 나. 그런데 내가 울면 엄마가 속상해. 그래서 난 울지 않을 거야. 아빠가 보고 싶어도 꾹꾹 참을 수 있어."

그때였어요,

"호야, 울고 싶으면 마음껏 울어도 돼! 참지 않아도 괜찮아!"

빨간 토끼 눈이 된 호야의 눈동자가 더 커졌어요,

노란 눈사람이었어요, 노란 눈사람이 살포시 웃으며 호야에게 말을 했어요,

"호야, 아빠가 보고 싶은 만큼 아빠를 사랑하는 만큼 울어도 괜찮아! 그런데 있잖아 호야! 너무 슬퍼하지는 말렴. 아빠는 멀리서도 항상 널 지켜보고 계신단다."

호야가 깜짝 놀라 물었어요.

"응? 우리 아빠가 날 지켜보고 있다고?"

"그럼. 호야 아빠는 저기 하늘에서도 너 걱정뿐이시란다. 호야가 아픈 데는 없는지, 밥은 잘 먹는지 오늘은 또 얼마큼 예쁘고 사랑스러운지 늘 네 생각만 하신단다."

노란 눈사람은 활짝 웃으며 이야기를 계속 이어나갔어요,

"호야, 내가 비밀 하나 말해줄까?"

호야는 고개를 끄덕였어요.

"나는 사실 호야 아빠가 여기로 보내주었어. 그래서 이렇게 우리가 만나게 된 거란다."

호야가 깜짝 놀라 되물었어요.

"뭐라고? 우리 아빠가 노란 눈사람을 나에게 보내준 거라고? 그럼 혹시 정말 아빠가 호야한테 보낸 크리스마스 선물.. 뭐 그런 거야?"

호야는 울먹이며 하늘을 바라보았어요. 그러고는 작은 두 손으로 눈물을 닦아내었어요.

"그럼 호야, 호야 아빠는 늘 너를 지켜보고 계신단다! 그러니깐 너무 슬퍼하지 마. 그리고 내가 이번 겨울 동안 함께해 줄 거야 호야! "

노란 눈사람의 말을 들은 호야가 환하게 웃음 지으며 좋아했어요.

그렇게 호야와 노란 눈사람은 겨울이란 계절 내내 항상 서로에게 힘이 되어주며 함께 했어요. 세상 무엇과도 바꿀 수 없는 좋은 친구가 되었지요.

"호야, 이제 겨울이 다 끝나가네. 조금 있으면 나는 다시 돌아가야 해."

노란 눈사람이 말했어요.

"그렇지만 호야, 나는 겨울마다 항상 호야를 만나러 놀러 올 거야. 그리고 내가 다시 돌아가더라도 난 항상 호야를 지켜주는 반짝반짝 빛이 되어줄 거야."

호야는 아쉬운 마음이 들었지만, 그래도 씩씩하게 웃어 보였어요.

"봄, 여름, 가을, 겨울 항상 우리 아빠랑 같이 반짝반짝 빛을 내어 줘! 그리고 크리스마스가 되면 꼭 날 찾아와줘 알겠지?"

호야의 말에 이번에는 노란 눈사람이 활짝 웃었어요.

들판에 새싹이 돋고 따뜻한 봄이 찾아올 때쯤, 노란 눈사람이 떠날 시간이 되었어요.

"노란 눈사람아, 이번 겨울은 너랑 함께여서 정말 따뜻하고 행복했어! 우리 정말 또 만날 수 있는 거지?"

호야의 반짝반짝 예쁜 눈망울이 노란 눈사람을 향하며 말했어요.

"그럼! 겨울이 되면 꼭 놀러 올게 호야, 너는 나의 가장 빛나는 친구란다."

"다음 겨울에 또 만나자! 노란 눈사람아 안녕, 그리고 아빠! 노란 눈사람을 보내주어서 정말 고마워요 사랑해"

호야에게 빛이 되어주던 노란 눈사람은 그렇게 다시 하늘의 별로 돌아갔어요.

그날 밤, 노란 별들이 다시 반짝였어요. 호야의 마음을 달래주듯이 말이죠.

"아빠! 난 다 알아! 하늘의 노란 별은 아빠! 그리고 노란 눈사람은 아빠가 호야에게 보내준 선물! 아빠는 항상 내 말 다 듣고 있는 거지? 날 항상 지켜주고 있는 거잖아! 그러니까 난 괜찮아! 아빠는 언제나 내 곁을 지켜주니깐 말이야! 아빠 사랑해!"

올해 크리스마스는 호야에게 아주 특별했던 날이었어요.
유난히 추웠던 겨울이었지만 마음만큼은 가장 행복하고 따뜻했던 겨울의 순간들이 아니었을까요?
호야는 또 행복하게 다음 겨울을 기다려요. 노란 눈사람과 아빠를 생각하며 말이죠.
'호야의 겨울은 언제나 노랑 노랑 해요, 노란 눈사람아, 사랑해. 노란 별이 된 아빠, 사랑해.'

;
;

여러분, 무언가를 진심으로 간절하게 바라본 적이 있나요? 내가 바랬던 일들이 이루어지는 그런 멋진 경험을 해본 적 있나요? 하루하루 매 순간 최선을 다해 살다 보면 그 멋지고 행복한 일들이 우리 눈앞에 펼쳐질 거예요. 여러분의 모든 순간들이 따뜻하고 행복하기를, 늘 행운이 가득하기를, 진심으로 바라보아요. 해피 언니가 들려준 오늘의 이야기. 우리 오늘도 오! 해피데이♡

나는 특별하지 않아!

은혜쌤

은혜쌤　어린이의 영원한 친구이자 선생님이다. 어린이를 관찰하고 대화하는 것을 최고의 즐거
움으로 여기는 마음 속 맑고 투명한 순수함을 가진 어른이. 어린이와 어른이 융합될 수
있는 글을 쓰는 것이 꿈이다.

이메일: peh8789@gmail.com

"오늘 숙제는 자신에게 있는 특별함을 생각해 보는 거예요."

선생님은 책상 앞에 있는 색종이를 들며 말씀하셨어요.

"여기 색종이를 보면 다양한 색으로 되어있죠?"

"네!"

"알록달록해요!"

선생님은 고개를 끄덕이셨어요.

"맞아요, 우리에게 있는 특별함도 그렇답니다. 알록달록 모두 달라요. 색종이처럼 다양한 색깔이 존재하죠. 다음 시간까지 각자가 가진 특별함의 색깔을 생각해 보고 발표해 봐요."

선생님 말씀이 끝나자, 아이들은 싱글벙글 입가에 미소가 번졌어요. 자기의 특별함은 무엇인지, 어떤 색깔인지 친구들과 웅성웅성거리기 시작했죠. 교실 3번째 창가 쪽에 앉아 있던 하얀 얼굴의 한 소녀만 빼고요. 하얀 얼굴, 발그레한 볼이 매력적인 이 소녀의 이름은 하랑이에요. 하랑이는 금방이라도 눈물이 터져 나올 듯한 시무룩한 표정으로 한숨을 푹푹 내쉬며 혼잣말을 중얼거렸어요.

"휴우, 나의 특별함? 나는 특별한 게 없는 데 어떡하지…"

하랑이의 고민이 커지던 그때, 선생님은 손뼉을 치며 말씀하셨어요.
"자자, 주목!"
아이들이 각자 하던 것을 멈추고 선생님을 바라봤어요.

"자기가 가진 특별함은 바로 떠올 수도 있고, 그렇지 않을 수도 있어요. 혹시 자기가 어떤 특별함을 가졌지 모르겠다면 가족이나 친구들에게 물어보는 것도 좋은 방법이랍니다."

선생님 말씀이 끝나자 딩~동~댕~ 수업이 끝나는 종이 울렸어요. 단짝친구 서율이와 학교 앞 작은 골목길을 걸어가며 하랑이는 선생님이 내주신 숙제에 대해 살며시 이야기를 꺼냈어요.

"서율아, 너 오늘 선생님이 내주신 숙제에 대해 생각해봤어?"
"나만이 가진 특별함의 색깔 말하는 거지?"
"응, 맞아."
"나는 감성을 담은 시를 잘 쓰니까 화사한 마음을 가졌다는 의미로

분홍색으로 말할 거야."

서율이의 확신의 찬 목소리에 하랑이는 힘없는 작은 목소리로 고개를 끄덕이며 말했어요.

"그렇구나…"

"하랑이 너는 생각해봤어?"

호기심 가득한 표정으로 하랑이를 바라보며 서율이는 물었어요.

"나는 아무리 생각해봐도 잘하는 것도, 특별한 것도 없는 것 같아서… 아직 모르겠어. 나한테도 특별함이 있을까?"

"음…"

잠깐 고민하다 서율이는 찾았다는 듯이 눈을 동그랗게 뜨며 대답했어요.

"아 맞다! 하랑이 너 다른 사람 돕는 일 잘하지 않아?"

"돕는 일?"

"응! 너 친구들이 힘들어할 때 뒤에서 묵묵히 챙겨주고 도와주잖아. 지친 나그네에게 그늘이 되어주는 울창한 나무처럼 말이야. 나무의 초록빛을 닮은 연두색은 어떨까?"

"에이, 그건 누구나 할 수 있는 거잖아. 평범하고 멋지지도 않은 걸…"

서율이와 특별함에 대해 대화를 하다 보니 어느새 집에 도착했어요. 현관을 열고 안으로 들어가자, 엄마는 부엌에서 맛있는 음식을 만들고 있었어요. 가방을 내려놓고 하랑이는 살며시 엄마 곁으로 다가갔어요. 그리고 음식이 놓인 그릇을 식탁에 옮기며 물었어요.

"엄마, 제가 가진 특별함은 무슨 색일까요?"

"하랑이가 가진 특별함?"

"네, 자기만의 특별함을 색으로 표현하는 것이 숙제인데, 아무리 찾아도 저는 특별한 것이 없는 것 같아서요."

"엄마가 볼 때 하랑이는 세심하게 도움이 필요한 순간을 찾는 눈이 있는 것 같아. 마치 하늘에서 바라보는 것처럼 말이야. 그러니 하늘을 빗대서 하늘색?"

"제가요?"

"엄마가 식사 준비를 할 때, 청소를 할 때, 시장을 갈 때, 동생을 돌볼 때마다 어느새 옆에 와서 도와주고 있잖아. 그 눈을 가졌다는 게 하랑이만의 특별함이 아닐까?"

"에이, 그건 해야 하니까 하는 거잖아요. 그리고 너무 평범해요. 다른 친구들처럼 멋진 특별함이 아니라고요."

하랑이는 퉁퉁거리며 소파에 앉아 신문을 보고 있는 아빠에게 다가갔어요. 아빠 허리를 콕콕 찌르며 물었죠.

"아빠, 나는 어떤 특별함의 색을 가진 것 같아요?"

신문을 테이블에 내려 두며 아빠는 말씀하셨어요.

"갑자기?"

"아무리 찾아도 나만 가진 멋진 특별함이 생각나지 않아서요."

"하랑이는… 심부름을 잘하지."

아빠는 잠시 고민하시다 웃음을 참으며 장난 섞인 어투로 말씀하셨어요. 그러자 하랑이는 되물었죠.

"심부름이요?"

"응. 아빠가 필요한 물건이 있을 때, 대충 설명해 줘도 딱 알아듣고 알맞은 걸 찾아오잖아. 아빠의 마음을 꿰뚫어 보는 것처럼 말이야. 그러니까 아빠가 하랑이를 사랑하는 마음처럼 빨간색 어떠니?"

입을 삐죽거리며 하랑이는 말했어요.

"아이 진짜! 그런 거 말고요."

아빠는 허허허 웃으며 당황한 얼굴로 머리를 긁적이셨어요.

"자자 하랑아, 진정해. 그러면 아빠한테 좋은 생각이 있어."

"뭔데요?"

"돌아오는 토요일에 할머니 댁에 가기로 했으니 할머니께 한번 물어보는 거 어떨까?"

"할머니한테요?"

"할머니는 하랑이를 누구보다 사랑하시니까 너만이 가진 특별함을 금방 찾아주실 거야."

"정말 그럴까요?"

시간이 흘러 토요일 아침, 하랑이 가족은 아빠의 붕붕카를 타고 할머니 댁으로 출발했어요. 꼬불꼬불 도로를 달려 졸졸졸 흐르는 시냇물과 푸르른 나무들을 지나자, 파란색 지붕의 집과 할머니가 키우시는 뽀삐의 그림자가 보이기 시작했어요. 하랑이는 있는 힘껏 소리쳤어요.

"할머니~"

하랑이의 목소리가 울려 퍼지자 꼬리를 마구 흔들며 뽀삐는 반갑다고 짖었어요.

"왕왕!"

뽀삐가 짖는 소리가 들리자 할머니는 웃으며 마당으로 나오셔서 하랑이와 가족들을 반겨주셨어요. 그리고 하랑이를 따뜻하게 안아주시며 할머니는 말씀하셨어요.

"우리 강아지, 어서 오렴. 보고 싶었단다."

"저도요. 할머니 너무 보고 싶었어요."

하랑이는 뽀삐에게도 반갑게 인사했어요.

"뽀삐도 잘 있었지?"

"왕왕!"

눈에 넣어도 안 아플 만큼 어여쁜 하랑이의 모습에 너그러운 미소를 지으시며 할머니는 말씀하셨어요,

"더울 텐데 얼른 집으로 들어가자. 할미가 맛있는 걸 해놨단다."

삐걱이는 현관문을 열자 할머니 댁에서만 먹을 수 있는 고소하고 담백한 감자떡 냄새가 하랑이의 코를 찌르기 시작했어요.

"우와!! 감자떡이다."

싱글벙글 신이 난 하랑이는 할머니 옆에 앉아 감자떡을 손으로 집어 우걱우걱 먹기 시작했어요. 할머니는 언제나처럼 인자한 표정으로 하랑이에게 구수한 보리차를 건네주시며 말씀하셨어요.

"여기 많으니 천천히 먹으렴. 체할라."

"아참! 하랑아 할머니 만나면 물어보고 싶다고 한 거 있지 않았니?"

아빠가 하랑이에게 눈짓하자 까맣게 잊고 있던 특별함 찾기 숙제에 대해 떠올랐어요.

"할머니 저 질문이 하나 있어요."

언제나처럼 따스한 표정으로 하랑이를 바라보며 대답하셨어요.

"그래, 이 할미에게 뭐든 물어보렴."

"할머니가 보시기에 저만이 가진 특별함의 색깔은 뭐라고 생각하세요? 선생님께서 모든 사람은 특별함이 있다고 하셨는데 저는 아무리 찾아봐도 없는 것 같아서요."

"이 할미의 눈에 비치는 하랑이의 특별함은 노란색과 같은 따뜻한 마음을 가졌다는 거란다."

"따뜻한 마음이요?"

"꽃, 나무, 동물, 그리고 가족, 친구들을 따뜻한 마음으로 바라보고 그들에게 필요한 것을 안성맞춤으로 도움을 주잖니."

할머니의 대답을 듣자 하랑이의 표정은 시무룩해져 눈썹과 입술이 축 쳐져버렸어요. 다른 사람들과 마찬가지로 할머니도 자신의 특별함을 찾아주지 못한다고 생각했지요. 울먹이며 하랑이는 말했어요.

"음… 할머니도 서율이랑 엄마랑 아빠랑 똑같이 이야기하시네요."

하랑이의 표정 보시고 할머니는 살며시 미소를 지은 채 말씀하셨어요.

"하랑이는 그 특별함이 마음에 들지 않는 모양이구나. 왜 그런지 이 할미에게 말해줄 수 있겠니?"

하랑이가 조심스레 말하기 시작했어요.

"그게… 특별함은 누구도 갖지 못한 거잖아요. 그리고 멋진 거고요."

"그렇지."

할머니는 고개를 끄덕이셨어요.

"친구들만 하더라도 서율이는 시를 잘 쓰고, 민준이는 시험을 보면 항상 100점을 맞아요. 지음이는 그림을 잘 그리죠. 춤을 잘 추는 서인이라는 친구도 있고, 재미있는 이야기를 잘해서 인기가 많은 지유라는 친구도 있어요. 모두 화려하고 멋진 특별함을 가지고 있어요."

"그렇구나."

"근데 저에겐 그런 멋진 특별함이 없어요. 누구나 할 수 있는 평범한 것뿐이에요. 누가 봐도 멋진 게 아니라고요!!"

할머니께 마음을 쏟아내자 하랑이의 눈에서는 또르르 눈물이 흘렀어요.

"제가 가진 특별함은 쓸모없는 거예요."

할머니는 눈물을 닦아 주시며 말씀하셨어요.

"멋지지 않아도 괜찮아. 눈에 띄지 않는다고 하랑이 네가 가진 게 특별하지 않은 것이 아니란다. 세상 사람들에게 선물로 주어진 특별함은 모두 고유하고 가치가 있거든."

"그게 무슨 뜻이에요?"

하랑이는 할머니의 말씀이 어렵게만 느껴졌어요. 이해할 수 없었죠.

"아무리 쓸모없어 보여도 세상에서 꼭 필요한 특별함이기 때문에 하랑이에게 선물로 주어졌다는 거지. 지금은 모르겠지만 분명 우리 강아지가 가진 특별함이 멋지게 사용되는 순간이 올 거란다. 그러니 하랑이 만의 특별함이 가진 매력을 찾아보자꾸나."

집으로 돌아와 하랑이는 숙제를 하기 위해 책상에 앉아 할머니와 나눈 대화를 곱씹었어요. 그리고 공책에 엄마, 아빠, 할머니, 서율이가 말해준 자신의 특별함과 색깔을 하나하나 적기 시작했죠. 그러다 어둠 속에서 빛이 밝혀지는 것처럼 하랑이는 깨달았어요. 하랑이만이 가진 특별함은 그 존재로 화려하진 않아도 다른 사람들의 특별함을 보다 멋지게 만들어준다는 사실을요. 자연스레 자신의 특별함을 표현할 수 있는 색깔도 하랑이의 머릿속에 떠올랐죠. 하랑이는 웃음기 가득한 얼굴로 몸을 들썩이며 자신이 가진 특별함과 색깔을 막힘없이 술술 공책에 써내려 갔답니다.

다음날, 드디어 자신의 특별함의 색깔을 발표하는 시간이 돌아왔어요.

"우리 친구들 모두 자신의 특별함과 색깔을 찾았나요?"

선생님의 질문에 아이들은 신나서 말했어요.

"네! 제가 가진 특별함이 이렇게 많은지 처음 알았어요."

"특별함과 어떤 색깔이 어울리는지 생각하는 게 재미있었어요."

"하하. 모두들 즐거운 시간이었던 것 같네요. 그럼 민준이부터 한번 발표해 볼까요?
"

역시나 하랑이가 생각했던 것처럼 반 친구들이 발표하는 특별함과 색깔은 모두 화려하고 멋진 것들 뿐이었어요. 하지만 더 이상 하랑이는 주눅 들지 않았어요. 본인이 가진 특별함이 정말 마음에 들었거든요. 그 순간, 하랑이의 순서가 다가왔어요. 하랑이는 또박또박 글씨가 써진 공책을 들고 반 친구들 앞에 섰어요. 그리고 특유의 해맑은 반달 눈웃음을 지으며 자신 있게 말했어죠.

"저의 특별함은 도움이 필요한 순간을 포착하는 눈을 가졌다는 것입니다. 색깔은 하양색으로 정했습니다. 새하얀 도화지에 다채로운 색깔을 채워가듯이, 화려하진 않지만 조화로운 세상을 만들어가기 위해서는 꼭 필요한 특별함이라고 생각합니다. 그래서 전 제가 선물로 받은 이 특별함이 참 좋습니다!"

소나기가 내릴까?

백아현

백아현   저의 이름은 아이 (兒)아 어질 (賢)현 으로 어진 아이라는 뜻을 가지고 있습니다. 아이가

상징하는 순수함, 해맑음을 잃지 않길 바라신거죠? 시간이 흘러 다시 아이로 돌아갈

수 없지만 마음만은 동심이 가득 한 채로 살아가고 싶습니다. 첫 번째 저의 동화가 동심

을 채우는 첫 스푼이 될 것이라고 믿습니다.

집 앞 나무 아래 기대고 서서 마을로 간간이 오가는 차들을 지켜
보고 있었다. 우리 집은 마을의 첫 번째 집이었다. 지금 들어오는
하얀 차는 정씨아저씨네 차… 나가는 검은 차는 뒷집 아주머니네
차… 재미가 없었다. 항상 봐오던 익숙한 풍경이 지루했다. 어렸을
때는 집 앞에 앉아서 오가는 차들만 바라만 봐도 재미있었는데, 지
금 아주 재미가 없다.

"심심해, 재미없어."

나는 발끝으로 애꿎은 흙바닥을 긁어대었다. 오늘 학교에서 옆
마을 사는 성철이가 자랑하던 서울여행 얘기가 떠올랐다. 가족들과
주말에 놀러가서 놀이동산과 수없이 많고 높은 건물들로 숲을 이룬
다는 말도 안 되는 소리를 늘어놓았다. 자랑만 해대는 꼴이 보기 싫
었다.

'잘난척쟁이….'

성철이 쫑알거리는 입을 집게로 집어 버리고 싶었다. 아침부터

하교할 때까지 서울은 어땠는지, 놀이동산에서 퍼.. 퍼래이먼트 인가 뭔가…도 보고 롤러코스터를 몇 번을 탔는지… 하루 종일 떠들어대는 소리가 머리에 울려댔다. 발끝으로 긁어대던 흙바닥은 앞굽이 쏙 들어갈 정도로 깊게 파여 있었다.

그 순간 어깨에 무언가 툭! 하고 떨어졌다. 흠칫하며 나무 위를 바라보았다. 때마침 푸드덕하고 날아가는 새 한 마리가 보였다.

'아,, 설마,, 아니야, 아닐 거야.'

생각을 하는 동시에 오른손이 왼쪽어깨에 올라갔다.

"악!!!!! 아아아아~~!!"

질펀한 느낌에 손을 파닥파닥 털어대고 어깨가 떨어질 듯 사정없이 흔들었다. 새똥이었다. 저 멀리서 누가 보면 격렬한 댄스를 추는듯해 보였을 것이다. 11년 인생, 새똥을 맞은 건 처음이었다. 정신없이 춤을 추고 있을 때, 처음 보는 차가 덜컹덜컹 요란한 소리와 함께 이사 짐을 가득 실고 들어오는 게 보였다. 소리치던 내 목소리가 묻힐 만큼 시끄럽던 차 소리에 잠시 새똥을 맞은 걸 잊고 쳐다보았다. 그 순간 모든 상황이 슬로우 모션으로 흘러가는 느낌이 들었다. 움직이는 차 속에는 한 여자아이가 노란 머리띠를 하고 앉아 있는 모습이 보였다. 인형처럼 하얀 피부에 미끄러질 듯 오똑한 코 옆모습이 예쁘다고 생각이 들던 찰나, 꾸릿꾸릿한 냄새가 났다.

'윽! 아!! 악!'

최대한 손을 얼굴에서 멀리했다. 숨을 가득 참으며 집안으로 뛰어 들어갔다.

"엄마!!!! 엄마, 나 쌔똥!! 새똥 맞았어!!…"

대문에 들어가자마자 고래고래 소리를 질렀다. 어쩌다 난 새똥을 맞았나… 서러웠다. 가만히 있어도 똥냄새가 올라오는 것 같았다. 갑자기 눈물이 날 것만 같은 기분이 들었다. 엄마는 웃음기 가득한 표정으로 집밖으로 나왔다.

'왜 웃지? 내가 똥 맞은 게 그렇게 재미난 일인가?'

더 서러운 기분이 들었다. 내 슬픔을 이해해주지 못하는구나. 서러움과 같이 짜증이 올라왔다.

"엄마, 왜 웃어? 나 똥 맞은 게 웃겨? 또..ㅇ 똥 맞아..았,.는데 왜 웃어!! 엉어엉."

눈물은 화를 이기지 못하고 흘러버렸다.

"동식아, 왜 울어? 괜찮아 다 씻으면 괜찮아져."

엄마는 날 걱정하는 듯 말하고 있었지만 표정은 숨길 수 없나 보다. 날 놀리고 싶어 하는 엄마의 웃음에서 울음은 그만 멈췄다. 엄마는 날 이끌고 수도꼭지로 데려가 손에 묻은 똥을 닦아 주었다. 더러워하지도 않고 미소를 지으며 똥을 자연스럽게 닦아주던 엄마에게 궁금증이 생겼다.

"엄마도 새똥 맞은 적 있어?"

"아니? 엄마는 새똥 맞아본 적 없는데? 동식아 새똥 맞으면 좋은 일이 생긴다고 하던데 동식이는 좋겠네~"

39년을 살아온 엄마가 새똥을 맞은 적이 없다니 충격적이었다.

'새똥을 맞으면 좋은 일이 생긴다고?'

갑자기 똥냄새가 사라지는듯하더니 웃음이 새어 나오기 시작했다. 재미없던 일상에서 좋은 일은 곧 흥미로운 일이 생길 것이라는 걸 암시하는 것 같았다. 옷을 갈아입고 나오자 엄마가 옥수수를 먹으라며 내어 주었다. 그때 할머니가 대문을 열고 들어오셨다. 동네 사람들과 놀고 오신 할머니의 입은 이야기보따리 한가득 차 있는 듯 보였다. 자연스럽게 내 옆에 앉아 옥수수를 들며 할머니의 수다가 시작되었다. 이야기에 한번 맞장구를 쳐주는 날에는 기본 3시간을 그 자리에서 벗어나지 못하는 일이 빈번했다.

"여 있잖아, 저기 서울에서 이사 들어오는 집에 동네사람들이랑 구경 한번 갔더니 뭐시당가 애가 아프다면서 들어오지도 못하게 하고 쫓겨나부럿당께."

할머니의 말에 저 멀리 주방에서 엄마가 영혼 없이 대답을 했다.

"아, 그래요?"

그 대답을 들은 할머니는 나머지 수다를 떨기 위해 쉬지 않고 말을 하며 엄마의 곁으로 걸어갔다. 다행이었다. 엄마가 반응하지 않았다면 난 그대로 움직이지 못하고 잡혀있을 뻔했다. '애가 아프다고? 아까 봤던 노란 머리띠를 한 아이인가? 서울에서 왔다고?'

번뜩하고 작년 교과서에 나왔던 소설 하나가 떠올랐다. 시골 소년과 도시 소녀가 만나 사랑하는 이야기였다. 그 소설에도 도시에서 내려온 소녀가 아프다고 했는데 새똥 맞은 좋은 일이 나도 드디어 사랑을 하게 되는 일이구나. 소설의 주인공처럼 사랑을 하게 될 생각에 마음이 들떴다.

다음날 학교에 가니 전학생이 왔다고 반 분위기가 시끄러웠다. 나의 여주인공을 곧 볼 수 있다는 기대감에 가슴이 부풀어 올랐다. 실실 웃음이 나기 시작했다. 맨 앞에 앉아있던 난 전학생을 제일 가까이서 볼 수 있었다. 그 아이는 도시에서 온 소녀답게 하얀 피부에 원피스를 입고 가느다란 손가락이 소설 속에서 여주인공처럼 아픈 소녀 같았다. 선생님은 나의 여주인공의 이름이 은하라고 소개해주었다. 은하는 세련된 느낌으로 아주 마음에 들었다. 이름을 알게 되자 예전 일이 떠올랐다. 초등학교에 첫 입학하니 친구들은 지호, 로운, 찬영, 다들 21세기에 맞는 이름을 갖고 있었다. 내 이름이 촌스럽다는 것을 그때 처음 알게 되었다. 그날 집으로 돌아와 엄마에게 이름을 바꿔달라고 생떼를 부렸던 적이 있다.

"동식이 이름은 할아버지가 지어주셨으니까, 할아버지한테 가서 바꿔달라고 해."

엄마는 찡얼거리는 나에게 지친 듯이 말했다. 그 말을 듣고 당장 할아버지 방문을 벌컥 열어젖혔다. 붓글씨를 쓰고 있던 할아버지에게 냅다 이름을 바꿔달라고 소리쳤다. 할아버지는 이미 밖에서 엄마와 실랑이하던 상황을 모두 아는 듯이 단호한 목소리로 말씀하셨다.

"안 돼, 너희는 식자 돌림이야. 내 눈에 흙이 들어가도 안 돼."

단호한 목소리로 드라마에나 나올법한 대사를 듣자 커다란 바위가 내 앞으로 쿵 떨어진 느낌이었다. 아무 말도하지 못하고 방문을 닫아 버렸다. 사촌형들도 영식이, 만식이, 나는 동식이. 씩익씩익거리며 잠들지 못했던 그날이 모두 운명적이라는 생각이 들었다. 주인공인 나는 시골 소년답게 촌스러운 이름이 어울린다고 받아들였다. 그때 은하는 맨 앞에 앉아있던 나를 흘끔 쳐다보았다. 난 놓치지 않고 윙크를 날렸다.

'우린 운명의 짝꿍이야. 히히.'

내 윙크를 받은 은하는 재빠르게 눈을 돌렸다. 웃음이 나왔다. 어차피 우리는 아름다운 사랑을 하게 될 사이인데 부끄러움을 타는 모습이 귀엽게 느껴졌다. 소개가 끝나고 선생님은 맨 뒤에 앉아있던 성철이와 은하를 짝꿍으로 지어주었다. 순간 인기 많은 성철이가 주인공이 아닐까하는 의심의 싹이 올라왔다. 하지만 성철이는 옆 마을에 살기 때문에 주인공이 될 수 없는 위치였다. 같은 마을에 사는 사람은 나뿐이기에 당연히 주인공은 나이다. 조연인 성철이와 은하가 짝꿍이라는 상황이 이해가 되지 않았다. 당황스러운 표정을 숨기고 뒷자리 은하를 바라보자 옆에 성철이의 얼굴이 눈에 들어왔다. 운동장 한 바퀴를 뛴 듯이 얼굴은 붉은빛을 띠고 있었다. 웃겼다. 저렇게 못생긴 얼굴을 하고 은하의 짝꿍을 한다니,

'풉!'

웃음은 얼굴에 착 붙어 있는 듯 떼어낼 수 없었다. 잘난척쟁이 옆에 앉게 될 나의 여주인공이 안타까웠다. 하지만 예상과 다르게 하루 종일 은하와 한마디조차 하지 못했다. 전학생인 은하 곁에는 친구들이 득실댔다. 뭐가 그렇게 궁금한지 질문은 꼬리에 꼬리를 물었다. 그리고 제일 꼴 보기 싫은 점은 얼마 전 서울에 한번 놀러 갔

다 온 성철이었다. 은하가 하는 대답마다 맞장구를 쳐주는 모습이
누가 보면 자기도 서울에서 내려온 도시 남자인 줄 알겠다. 다른 친
구들처럼 구질구질하게 옆에 붙어서 관심을 끌지 않아도 난 영원히
은하 곁에 붙어있게 될 것이다. 그날 밤 이불을 덮고 천장을 바라보
며 생각했다. 항상 할머니와 엄마가 보던 드라마에서는 주인공들이
눈만 마주치면 서로 좋아하던데 나는 달랐다. 다시 소설의 내용을
떠올려보았다. 책 제목이 소나기라는 것을 떠올렸다.

'아! 소나기를 같이 맞아야 하구나.'

역시 운명적인 사랑은 쉽게 생기지 않는다는 걸 깨달았다. 그날
이후 난 일어나자마자 가장 먼저 하늘을 확인했다. 하지만 하늘은
쉽게 비를 내려주지 않았다. 한 열흘쯤 지났을까? 드디어 결전의
날이 왔다. 오늘은 아침부터 비가 올 듯 우중충한 날이었다. 모든
계획이 완벽했다. 주변에 시끄럽게 굴던 친구들은 만날 수 없는 학
교가 쉬는 주말이다. 들뜬 마음으로 서둘러 대문을 나서려 하자, 엄
마가 한 손에 바리캉을 들고 날 불러 세웠다.

"동식아, 머리 자르고 나가."

엄마는 요령 없이 무작정 머리를 잘랐다. 다른 애들처럼 티브에
나오는 연예인들처럼 머리를 길고 싶었지만 엄마를 이길 수 없었
다. 그 덕에 난 항상 까까머리를 유지하며 살았다. 평소 같았으면
30분 이상 실랑이를 했을 것이다. 오늘은 다르다. 재빠르게 신문
가운데 구멍을 뚫고 머리를 집어넣고 앉았다. 엄마는 놀랐듯이 내
머리를 잡고 주춤거렸다.

"엄마, 빨리!"

"웬일로 순순히 머리를 자르겠다고 해? 우리 동식이 많이 컸네."

동그란 머리를 쓰다듬었다. 비가 내리기 전에 빨리 은하를 만나러 가야 했다. 그리고 까까머리는 시골 소년의 이미지를 극대화시켜주는 스타일이라고 생각했다. 오늘만큼은 머리 자르는 시간이 즐거웠다.

"그냥."

난 웃으며 대답했다. 머리를 자르고 한층 더 촌스러워진 모습이 더욱더 자신감을 불어넣어 주는 것 같았다. 난 뛰쳐나가 발가락에 힘을 주고 은하의 집 앞에 섰다. 난 은하를 부르며 대문을 두드렸다.

"은하야!"

쿵쿵되는 소리 뒤로 걸어오는 발소리에 심장 또한 같은 박자로 쿵쿵 되었다. 대문을 열고 나를 반겨주는 사람은 은하의 엄마였다. 내 계획에 없던 일에 순간 얼어붙었지만 당당한척했다.

"안녕하세요. 은하 없나요?"

집안을 보며 기웃거렸다. 마을 또래 친구는 나뿐이기에 은하엄마는 날 반겨주셨다.

"은하야~ 동식이 왔다."

집 쪽으로 고개를 돌려 은하를 부르자 집에서도 원피스차림으로 고개만 삐쭉 내밀었다.

"…."

"어… 안녕?"

더 이상 나오지 않는 은하에게 인사를 건넸다.

"왜 왔어?"

"너 이사 와서 구경했어? 동네 구경 못했잖아. 내가 마을 구경 시켜주려고."

난 심장을 부여잡고 준비한 대사를 했다. 으이구… 마을이든 동네 구경이든 그냥 입안에서 굴러대는 소리를 꺼내었다. 은하는 별로 내키지 않은 듯이 심드렁한 표정이었다. 그 모습을 보고 있던 은하의 엄마가 말했다.

"그래. 동식이가 여기까지 왔는데 둘이 마을 구경 한 번 하고 와. 동식아 우리 은하 챙겨줘서 고마워, 근데 곧 비 올 것 같으니까 빨리 돌아와야 한다."

그 말에 은하는 어쩔 수 없다는 듯이 나왔다. 우리는 동네를 돌아다니며 여기는 김 씨네 아저씨 집이고 여기는 최 씨네 아주머니 집, 그리고 강아지는 땅콩이, 해피… 주절거리면서 하늘을 힐끔힐끔 쳐다보았다. 이때쯤이면 비가 내릴 때가 되었는데 점점 마음이 조급해질때쯤 은하가 처음으로 말을 꺼냈다.

"어? 비 온다."

드디어 비가 내렸다. 그 말에 하늘을 바라보자 내 이마 위로 한두 방울이 떨어졌다. 은하도 나 또한 비를 맞았으니 내 계획은 모두 성공적이었다.

"그래! 비 오니까, 집으로 돌아가자."

난 미소를 띠며 은하에게 말했다. 재빠르게 뛰어 집에 도착하자

비가 더 많이 쏟아지기 시작했다. 맞은 비는 어깨만 툭툭 떨어내면 맞은 지도 모를 정도였다. 은하엄마는 나에게 잠시 기다리라고 했다. 은하 집 마루에 나란히 앉아 내리는 비를 보고 있으니 곧 우리의 사랑이 시작될 것 같았다. 웃음이 나오고 학교에 가서 친구들에게 어떻게 자랑을 할지 고민되었다. 그런 우리 둘 사이로 은하엄마는 수박을 가지고 와 눈앞에서 잘라주셨다. 수박을 받아 들고 들뜬 마음으로 은하를 물끄러미 쳐다보았다. 하지만 은하는 생각과 다르게 비를 맞기 전과 후가 변함없어 보였다. 여전히 나에겐 관심이 없어 보였다. 같이 비를 맞았으니 그럴 리 없는 결과였다. 이해되지 않는 광경에 믿어 의심하지 않았던 은하가 궁금해지기 시작했다.

"너 안 아파?"

은하는 멀뚱히 나를 보며 말했다.

"내가 왜 아파?"

분명 할머니가 아프다고 했던 소녀는 은하가 맞았다. 소설 속 여주인공도 몸이 아파서 시골로 내려온 것이었다. 모든 것이 이상하게 느껴질 순간, 은하 엄마가 말했다.

"은하, 이사 올 때 감기에 걸려서 아팠는데, 동식이가 은하 걱정을 많이 했구나. 고마워라~ 은하 이제 감기 다 나아서 괜찮아."

라며 내 머리를 쓰다듬어 주셨다. 그 소리를 들은 은하는 이제야 이해했다는 듯이 고개를 끄덕이며 맛있게 수박을 먹었다. 난 은하를 보며 가만히 얼어붙었다. 속으로는 오만가지 생각이 들기 시작했다.

'아프지 않은 도시 소녀가 여주인공이 될 수도 있나?'

순간 은하가 나의 운명의 짝이 아닐 수도 있겠다는 생각까지도 들었다. 머릿속 이정표가 깜박깜박거리다가 꺼져버린 느낌이었다.

"동식아, 성철이는 뭘 좋아하는지 알아? 저번에 읍내가 나가서 성철이랑 만났는데…."

은하가 읍내에 나가서 성철이를 만나 빵집에 갔다는 얘길 했던 것 같은데 그 후로 어떻게 집으로 돌아왔는지 정확히 기억나지 않았다. 집에 와서 깊은 생각에 잠겼다. 비 내리는 창문에 턱을 기대고 밖을 멍하니 바라보았다. 어제만 해도 저 멀리 산봉우리까지 훤하게 보였는데 지금은 집 앞 차도도 선명하게 보이지 않을 정도로 비가 엄청 내리고 있었다. 내 인생에서 이렇게 진지하게 고민한 사건은 처음이었다.

'뭐지? 왜 나의 운명적 사랑은 시작되지 않는 거지?'

이 고민은 그 누구에게도 이야기할 수 없었다. 다른 사람들은 주인공이 아니니까, 나만이 주인공만이 할 수 있는 고민이라고 생각했다. 게임 속 캐스트를 깨지 못하면 더 이상 앞으로 나갈 수 없는 주인공처럼 그대로 멈춰버린 느낌이었다. 내 기억에만 의지했던 소설의 내용을 다시 읽어봐야 할 것 같았다. 걱정 가득한 밤이 지나자 세상이 무너질듯했던 고민들이 무색하게 평소와 같은 맑은 아침이 되었다.

오늘도 여전히 성철이 주변에는 친구들이 모여 있었다. 뭐가 그리 좋은지, 심술이 났다. 성철이는 항상 자기자랑하기 바쁘다. 저번에는 놀러갔던 이야기로 저 저번에는 좋은 신발을 샀다는 이야기로 자랑만 하는 성철이가 싫었다. 오늘은 유독 더 많은 친구들이 성철이의 주변으로 몰려들었다. 난 관심 주지 않고 자리에 앉아 은하와 운명적인 사랑을 위해 도서관에서 소설을 찾아 읽어야겠다는 생각을 했다. 학교를 다니면서 도서관이라는 곳을 처음 갈 생각하니 한숨이 나왔다. 그때 성철이는 친구들을 어느 정도 끌어모았는지 비장하게 말을 하기 시작했다.

"나 오늘부터 은하랑 사귀기 시작했다!"

마치 승전보를 울리듯 성철이는 짝꿍인 은하의 손을 잡고 하늘로 치켜 올렸다. 그때 내 심장이 쿵하고 떨어지는 소리를 들었다. 주위에 모여 있던 친구들의 놀란 얼굴로 소리치는 비명소리는 들리지 않았다. 내가 주인공인데, 조연인 성철이와 여주인공인 은하가 사귄다는 건 말이 안 되는 일이었다. 너무나도 당혹스러웠다. 이 상황을 나만 이해하지 못하는 듯 친구들은 성철이와 은하에게 축하한다는 말을 건네고 있었다. 이대로 가만히 자리에 앉아 있을 수가 없었다. 나는 뿌옇게 흐려지는 시야와 당혹스러운 마음을 숨기지 못하고 성철이에게 다가가 어깨를 부여잡았다. 내 목에 염소 한 마리가 살고 있는 듯 했다.

"주인공은⋯ 나야."

그때 창문 밖에서 소나기가 내리기 시작했다. 맑은 하늘에 햇빛이 쨍쨍한데 비는 세차게 쏟아지고 있었다. 저 멀리 커다란 무지개도 반짝거렸다.

안녕, 이모할머니

전선아

전선아   아이들의 세계는 단순하고 반복적이며 어른들의 세계보다 더 치열하고 고단합니다. 그런 일상 속에서 아이들이 꿈을 꾸고 희망과 행복을 찾는 건 사막에서 오아시스를 발견하는 것만큼 힘든 일이 되었습니다.   동화책에서 만나는 판타지 같은 일들은 일어나지 않지요. 건강한 성충이 될 우리 아이들에게 조금이나마 따뜻한 경험이 되길 바라는 마음으로 엄마가 먼저 작은 꿈을 펼쳐봅니다.

여느 때와 다름없던 토요일 오후 수학학원 보강을 마치고 집에
돌아오는 길이였다.

  "도훈아, 이모할머니가 갑자기 쓰러지셔서 지금 중환자실에 계
시대."

  엄마의 전화에 나는 순간 얼어버렸다.

  "왜? 언제 쓰러지셨는데? 많이 안 좋으셔?"

  "어 많이 위독하신 것 같아. 엄마 아빠가 병원에 갔다 올게 집에
와서 점심 먹고 있어!"

  엄마 아빠는 한 동안 집과 병원을 오가며 중환자실 면회를 다니
셨다.

  "상태가 점점 안 좋아지고 계셔서 이번 주말이 고비일 것 같아 다
들 마음의 준비를 하자⋯⋯"

  아빠는 담담한 듯 말씀하셨지만 한마디 한마디 미세한 떨림으
로 가득했다. 이모할머니가 중환자실에 계시던 그 시간 동안 우리

가족에겐 초창한 기운만이 감돌았다.

"띠링띠링"

"도훈아, 게임하실?"

"음… 당분간은 못할 듯."

"왜, 금지령 내려졌냐? 그러지 말고 잠깐 고고!"

"아니야. 너희끼리 해라! 학교도 당분간 못 갈 수도 있어…"

"뭐 안 좋은 일인가 보네. 알았어 가능하면 연락 주삼!"

아무도 모르겠지만 나 또한 마음이 편치 않았다. PC방에서 게임을 해도 친구들과 야시장을 가도 이모할머니 생각이 가득진 않아도 돌아가실 까 불안한 마음이 컸다. 내가 좋아하는 피자도 별로 먹고 싶지 않았다. 아니 피자를 먹는 게 죄송한 마음이었다.

2주가 지난 일요일 오후 이모할머니는 결국 장기기증을 통해 4명의 중환자의 목숨을 살리고 돌아가셨다.

우리 가족은 갈아입을 옷가지와 세면도구를 챙겨 장례식장으로 출발했다. 가는 길에 터미널에 들러 친할머니를 모시고 가야 했다. 아빠는 터미널에 가는 동안 장례식장 예절에 대해 알려주셨다. 보통 3일장을 치르고 장례를 치르는 동안 조문객들은 분향을 하며, 상주는 향로에 향이 꺼지지 않도록 3일 내내 잘 지켜보아야 한다고 알려주셨다. 그 외에 절하는 법, 제사 지내는 법 등 알아 두어야 할 것들이 많아 더 긴장되었다.

터미널 근처에 도착했을 때 할머니는 큰 배낭을 메고 기다리고 계셨다.

"아이고, 손주 잘 지냈어? 3일 동안 장례식장에서 있을 수 있을까? 괜찮겠어?"

"네 괜찮아요. 할머니 잘 지냈어요?"

"할머니 힘들어! 여기저기 안 아픈 데가 없어. 며칠 뒤에 장마 온다고 해서 밭에 상추랑 오이, 고추 따느라 몸살이 다 났어. 이따 이것 좀 챙겨 가!"

할머니는 평소처럼 밭에 있는 농작물 걱정이 많아 보이셨다.

"어머님 빈소에 3일 있어야 하는데 뭐 하러 챙겨 오셨어요 날이 더워 다 상할 텐데……" 엄마는 할머니에게 물었다.

"밭에 두면 뭐 하니? 다 물러 터지는데 조문객들 좀 싸주지 뭐!"

"3일 동안 장례 치르려면 고단 하실 텐데, 뭘 그렇게 바쁘게 움직이셨어요? 좀 쉬시지! 가면 잠도 잘 못 자니 차에서 좀 주무세요."

아빠는 할머니가 이모할머니의 장례를 치를 동안 잘 버텨 주실지 걱정하셨다.

"괜찮아 어서 가자!"

할머니는 한 참을 창밖만 바라보셨다.

"고생만 하다가 가는구나……"

장기간 중환자실에 계시다 돌아가신 이모할머니가 안쓰러웠던 할머니는 혼잣말을 읊조렸다.

이모할머니는 할머니의 막내 여동생이셨다. 할머니와 이모할머니는 닮은 곳이 많아 그만큼 부딪치는 것도 많았다고 엄마가 말씀하셨었다.

차창에 비친 할머니의 옆모습은 돌아가신 이모할머니와 그날따라 유난히 닮아 보였다.

이모할머니는 영재삼촌을 낳고 몇 해 지나 이혼하시고 홀로 영재삼촌을 키우며 생활하셨다. 하지만 이모할머니의 센 말투 때문인지 가족들과 이모할머니의 사이는 점점 멀어져 갔다.

이모할머니는 특별한 사업수완으로 성공한 사업가셨다. 엄청 큰 카페를 여러 곳 운영하고 계셨다. 아빠와 나는 이따금씩 카페에 놀러 가곤 했다.

장례식장은 우리 집에서 그리 멀지도 가깝지도 않은 적당한 거리였다. 이모할머니와 나와의 거리 딱 그만큼이었다.

일 년에 두어 번 정도 아빠와 이모할머니를 만나 뵈러 갔었고 특별한 추억 따윈 없지만 끊어질 듯 이어지는 관계였다.

장례식장에 들어서자 시커먼 상복을 입은 사람들이 보였고 하얗고 커다란 근조화환들이 줄지어 있었다. 수많은 근조화환들을 보니 이모할머니께서 얼마나 열심히 사셨는지 알 수 있었다.

순간 모니터에는 환하게 미소 짓고 있는 이모할머니의 영정사진이 보였다

'아직도 생생한데…… 믿을 수 없어.'

이모할머니의 빈소에 들어서자 영재삼촌과 숙모가 계셨다. 숙모는 여전히 다정한 듯 힘없이 우리를 맞이해 주셨다. 방안을 들여다보니 많이 우셨는지 퉁퉁 부은 삼촌이 기진한 모습으로 서 계셨고, 핑크색 배경의 이모할머니 영정사진이 크게 놓여 있었다.

가끔 뵈었던 이모할머니의 모습 그대로였다.

"어 도훈이 왔어?" 하며 방으로 들어오실 것만 같은 그 모습, 이모할머니의 영정사진을 마주한 할머니는 바닥에 털썩 주저앉아버렸다. 그리고는 이내 대성통곡하셨다.

"아니 어떻게 이렇게 갈 수가 있어. 어떻게 이럴 수 있어……"

할머니는 한참을 엎드려 목놓아 우셨다. 그런 할머니를 바라보며 모두가 울음을 삼켰다.

엄마 아빠의 부축을 받고 겨우 일어나 향을 올리고 절을 하셨다.

삼촌과 숙모를 마주하고 맞절을 할 때 또 한 번 오열하셨고 영재삼촌은 감정을 주체하지 못하는 할머니를 한껏 끌어안고 큰 숨을 내뱉었다.

침착해 보이던 엄마 마저도 고개를 들지 못하고 흐느껴 울기 시작했다.

그 모습을 바라보고 있자니 나도 울컥울컥 눈물이 쏟아졌지만 왠지 큰소리로 울 수 없어 참고 또 참았다.

"우리가 미안한 게 많아서 그래. 미안한 게 너무 많지 뭐……"

영재삼촌도 이모할머니와 왕래를 안 하고 지낸 지 오래되었다고 했다.

이제야 이모할머니의 죽음이 가족들에게 현실로 다가오기 시작했다.

나는 상주 옷을 입은 아빠 옆에 앉아 멍하니 이모할머니의 영정사진만 바라보고 있었다. 사진 주변으로 하얀 국화가 장식하고 있었고 앞에는 이모할머니가 그리시던 벚꽃나무 그림들이 작은 액자로 여러 개 놓여 있었다.

이모할머니는 카페 운영도 하셨지만 그림도 잘 그리셨다. 취미로 시작한 그림이 큰 전시를 열 정도로 일이 커졌다 하셨다. 이모할머니의 전시가 열릴 때면 간만에 가족들이 모두 모이곤 했다. 예쁜 꽃다발과 함께 축하 받고 행복해하시던 이모할머니의 모습이 떠올랐다.

이모할머니의 커다란 캔버스엔 만개한 큰 벚꽃나무로 가득했다. 기둥이 보이지 않는 벚꽃 가득 핀 줄기로만 꽉 찼다. 나는 이모할머니 그림이 좋았다.

선명한 배경에 곱게 핀 그 벚꽃 그림이 이모할머니의 희망처럼 보였다.

벚꽃 그림들은 빈소에서도 여전히 화사했고 빛이 났다. 어둡지도 쓸쓸하지도 않았다.

이모할머니에게 그림은 유일한 기쁨이고, 위로였음이 확실했다.

"도훈아, 이따가 큰 아빠 오실 수도 있어. 도훈이는 기억 안 나지?"

"큰 아빠? 아빠 형 말하는 거야? 난 기억 안 나지! 아기 때 사진으로만 봤지."

"맞아 이따 오시면 인사 잘하고!"

큰 아빠는 어릴 적 내 돌사진에서만 봤었고 실제로 만나는 건 처음이었다.

아무도 말해 주진 않았지만 큰 아빠와 아빠, 엄마 그리고 할머니와의 관계도 좋지 않은 듯했다. 연락 한번 이야기 한번 꺼내는 걸

못 봤으니…… 아무도 얘기하지 않아 나 또한 물어본 적도 없었다.

빈소는 한동안 고요했고 또 한동안은 비통했으며 한동안은 시끌 벅적 소란스러웠다.

"어? 왔어?"

"……"

키가 크고 부리부리한 남자.

사진에서 봤던 큰 아빠의 모습이었다. 큰 아빠 역시 당황스러운 기색이 역력해 보였다. 가족들 모두 큰 아빠에게 제대로 된 인사한 마디 건네길 어려워했다.

"오느라 고생했겠네…..."

마지못해 할머니가 큰 아빠에게 건넨 첫마디였다.

"건강은 어떠셔"

"그냥저냥 버티고 지낸다."

누가 보아도 친근한 모자간의 대화는 아니었다.

"얘가, 도훈인가?"

"아, 안녕하세요."

"길에서 봐도 모르겠다. 많이 컸네! 너 내가 누군지는 알아?"

"네. 가족사진에서 봤어요."

"그래 잘생겼네!"

엄마는 십년만에 만난 큰 아빠가 불편한지 자리를 피했고, 큰 아빠는 아빠의 어깨를 툭 치며 나가자는 신호를 보냈다.

처음 보는 큰 아빠의 모습은 아빠와 외형적으로는 달랐지만 누가 봐도 형제인 느낌이 물씬했다.

　장례식장은 참으로 힘든 곳이었다. 슬픔을 온전히 느낄 겨를도 없이 어색하고 어려웠다.

　"너, 잘하는 게 뭐야?"

　큰 아빠가 물으셨다.

　"전 딱히 잘하는 게 없는데요."

　"너네 아버지 닮았으면 공부 잘할 텐데! 공부 못해?

　"네 잘하지도 못하지도 않고 그냥 보통이에요."

　"그래도 잘하는 게 분명히 있을 건데!"

　"저 림보 좀 잘해요. 우리 학년 1등이에요."

　"오, 거봐 잘하는 거 있었네! 공부보다 어려운 게 림보야 인마!"

　어색했던 큰 아빠와의 거리는 학교이야기, 밀리터리 그리고 스포츠 이야기를 나누며 조금씩 가까워지고 있었다.

　"도훈아, 이거 큰 아빠가 주는 용돈이야. 잘 아껴 뒀다가 중학교 입학할 때 필요한 것 사!"

　큰 아빠는 흰 봉투에 용돈을 넣어 내 손에 꼭 쥐어 주셨다. 봉투가 너무 두툼해서 이 돈을 정말로 받아도 될지 망설여졌다.

　"아니요, 괜찮아요! 안 주셔도 돼요 다 준비했어요."

　"아니야 큰 아빠가 주는 거니 넣어둬!"

　나는 어쩔 수 없이 봉투를 받아 들고 엄마에게 가 조심스레 물어보았다.

　"엄마 큰아버지가 용돈을 좀 많이 주셨어 이걸 다 받아도 될까?"

"얼마나 주셨는데 봐봐."

어림짐작해 보아도 너무나 큰 액수였다. 화가 난 듯한 엄마는 바로 큰 아빠에게 가 봉투를 돌려주었다.

"아주버님, 애한테 이렇게 큰돈을 주시면 어떡해요? 감사하지만 이건 아닌 것 같아요."

"언제 또 볼지 모르니 충분히 준거예요 도훈이 주세요!"

"십년동안 연락 한번 없으시곤 용돈은 무슨 용돈이에요……"

엄마는 그 동안 쌓아 뒀던 체증을 모두 뿜어버릴 듯 터트렸다.

"뭐라고요?" 당황한 큰 아빠는 되물었다.

순간 정적이 흘렀다. 옆에 있던 할머니부터 아빠, 조문객과 얘기 중이던 영재삼촌, 숙모까지 놀란 건 마찬가지였다.

그중 제일 놀란 건 누가 뭐래도 나였다.

수증기가 되어 증발해버리고 싶은 심정이었다.

'내가 처음부터 거절했어야 했다. 그랬으면 여기서 이렇게까지 낯 뜨거운 일은 없었을 텐데……'

'내가 눈치 없이 엄마에게 말했나 보다. 아빠에게 말할 걸 그랬나? 아니다 엄마가 눈치가 없는거다.'

너무나 불편한 상황에 괴로웠다.

어른들이 다투는 동안 향로에 향은 사라지고 없었다.

모두 꺼져버린 향을 보고 나니 그동안 참아왔던 슬픔이 터져버렸다.

쿵쾅쿵쾅 뛰는 심장소리와 함께 엉엉 소리쳐 울어버렸다.

"향이 다 꺼졌어요. 다 꺼져버렸다고요! 어떡해, 어떡해요~!"

"괜찮아~ 괜찮아. 미안해 도훈아. 아빠가 다시 켤 게 걱정하지 마."

아빠는 우는 나를 연신 토닥여주었다.

내가 난리통을 치는 바람에 모든 관심이 집중되었고 할머니는 엄마를 다독이며 밖으로 나가셨다.

큰 아빠와 영재삼촌도 방으로 들어가 한 참을 보냈다.

어른들 사이에 어떤 깊은 응어리가 쌓였는지 무슨 이야기가 오고 갔는지 나는 잘 알지 못한다.

'서로를 생각하지만, 너무 뾰족해서 가까울수록 상처 주는 고슴도치.'

우리 가족은 고슴도치들 같았다. 웅크린 채 다가가면 다가갈수록, 멀어질 수밖에 없는 사이였다.

정신없는 3일 장례를 치르고 집으로 돌아가는 길이였다. 가는 길에 할머니를 터미널에 모셔다 드려야 했다. 할머니의 배낭에서 알 수 없는 물이 뚝뚝 떨어지고 있었다.

"할머니 가방에서 물이 떨어져요!"

"아이고 내 정신 좀 봐, 밭에서 따온 야채들 다 물렀네……"

"어머님, 이 상태로는 버스 타기 힘드실 것 같은데요? 저희 집에서 하루 주무시고 내일 올라가세요. 가방도 빨아서 말려야겠어요!"

"으악 냄새 지독해, 이게 뭐야……"

무더운 날씨 탓에 할머니가 따온 야채들은 모두 상해 고약한 냄새를 풍기고 있었다.

3일 만에 돌아온 우리 집은 고요하고 평온했다.

엄마는 물러 터진 야채들을 버린 뒤 더러워진 가방을 손빨래했다. 아빠는 피곤하실 할머니를 위해 잠자리를 봐 드렸다.

"어머님, 죄송해요. 아주버님께 섭섭한 마음에 그만…… 제가 그러지 말았어야 했어요."

"아니다. 너도 다 이유가 있겠지…… 나도 미안한 게 너무 많아, 이제 와서 후회하면 뭐 하나 싶지만."

"엄마, 3일동안 고생하셨어요 피곤하시죠? 제가 나중에 형에게 연락 한 번 해볼게요. 너무 걱정 마세요."

"아니야. 잘 지내고 있는 거 봤으니 이제 걱정 안 한다. 그동안 니들도 고생 많았어……" 할머니와 아빠, 엄마는 꺼내지 못했던 이야기들을 오랜 시간동안 풀어놓았다.

나는 방에서 한참을 생각했다. 3일 동안 돌아가신 이모할머니께 못 전한 말이 있었는지, 영재삼촌과 숙모에게 기운 내시라고 말 한마디 왜 못했는지, 큰 아빠와 헤어질 때 안녕히 가시라고 인사한마디 왜 못 건넸는지.

우리 가족은 고슴도치들이다. 그러나 고슴도치에게도 따뜻한 가슴은 있다.

언젠가는 가시 없는 가슴을 활짝 열어 서로를 안아줄 봄날이 오기를 기대도 해본다. 온 가족이 모여 이모할머니의 벚꽃그림을 보던 그날처럼.

울타리

임수연

임수연　생각이 많아서 늘 마음이 이곳저곳을 날아다닙니다. 그래도 언젠가는 울타리가 있는 집에 온전히 살고 싶다는 생각을 하곤 합니다. 그리고 그 울타리 안에는 이리저리 헤매다 온 꽃씨들이 앉아 많은 꽃을 피웠으면 좋겠습니다.

이메일: libon0606@naver.com

"친구들이랑 잘 지내고, 선생님 말씀 잘 듣고, 응?"

엄마는 아침부터 내 옷을 골라주며 호들갑이었다. 아니, 엄마는 매번 호들갑이다. 엄마는 내 옷들 중 가장 얌전해 보이는 옷들을 나에게 이리저리 대보았다. 평소엔 바쁘다며 밥만 차려두고 나갔으면서, 오늘은 옷까지 골라주겠다며 아침 일찍부터 나를 괴롭히는 엄마였다. 전학이 한두 번도 아닌데 이런 엄마의 호들갑도 벌써 네 번째다.

"참, 누가 전학을 가는지."

아무렇지 않은 척 틱틱 대면서도 가슴 한편이 쿵쿵거렸다. 엄마가 골라준 옷을 입고 거울 앞을 한참 들여다보았다. 역시 엄마가 골라준 옷은 마음에 들지 않는다. 나는 청바지를 좋아하는데, 엄마는 꼭 레이스 달린 원피스를 골라준다. 지나가던 개미도 공주님이라고 불러줄 것 같은 옷이다. 엄마가 한 눈 팔 때 청바지로 갈아입고 나와야지. 옷을 갈아입으며 이번엔 또 어떤 친구들과 만나게 될지 생각했다. 아, 물론 또 전학을 갈 테니 1년짜리 친구들이겠지만. 엄마를 따라 새 초등학교로 향했다. 미래초. 내가 네 번째로 다니게 될 학교다.

"에휴, 다 왔다. 이번이 마지막 전학이면 좋으련만."

엄마는 크게 한숨을 쉬며 말했다. 엄마는 종종 아빠를 따라다니는 게 힘들다고 했다. 나도 그랬다. 나는 유치원 때부터 친구들과 가장 친해질 무렵, 정든 곳을 떠나야만 했다. 내가 다른 지역으로 이사를 간다고 말을 꺼낼 때면 친구들은 아쉬움에 목 놓아 울었다. 친구들이 울면 나도 따라 울었고, 다 같이 눈물 잔치를 벌이곤 했다. 서로 빨갛게 부은 눈으로 계속 연락하자고 손에 걸던 약속들도 처음 한두 번은 정말 힘들었다. 그런데 그렇게 절절하게 약속했던 친구들도 한두 달이면 연락이 끊겼다. 그리고 나는 새로운 친구들을 만났고, 또 헤어지고, 또 만났다. 지난 학교를 떠날 때에도 나는 친구들과 눈물 젖은 약속을 하면서 속으로는 다른 생각을 했다.

'거짓말'

평생 보자는 그 약속들은 모두 거짓말이다. 세상에 영원한 우정 같은 건 없다. 학교에서 떠나면 나는 떠난 친구가 되고, 곧 친구들 세상에서 나는 없는 사람이 된다. 이번 학교도 마찬가지겠지. 두근거리는 심장과 달리 내 생각은 꽤나 차가웠다. 발걸음을 옮겨 담임 선생님을 따라 새 교실로 갔다.

"자, 우리 반에 새로운 전학생이 왔어요. 서아야, 친구들에게 인사해 볼래?"

"안녕, 나는 박서아야. 앞으로 잘 부탁해."

"서아는 저기 반장 옆자리가 비어서 반장 옆으로 가면 되겠구나."

호기심 어린 20명의 눈이 나에게로 향했다. 전학 첫날에는 늘 마주치는 눈빛들이 있다. 궁금해하는 눈빛, 재미있어하는 눈빛, 경계하는 눈빛. 반 아이들의 수많은 눈빛들을 받으며 반장이라는 친구 옆으로 향했다. 권수현. 미래초 5학년 4반 반장. 검은 생머리에 오똑한 코. 반듯하게 다려진 하얀 셔츠를 입은 아이였다. 누가 봐도 반듯한 반장의 모습이었다. 수현이는 활짝 웃으며 말했다.

"안녕, 나는 권수현이라고 해. 우리 반 반장이고, 모르는 거 있으면 나한테 물어봐도 돼."

"아, 응, 고마워 수현아."

활짝 웃은 수현이의 입가로 하얗고 반듯한 치아가 보였다.

"이번 교시는 영어 시간이야. 영어 교실로 이동해야 하니까 나 따라와."

"응, 알겠어."

자신감 넘치는 수현이의 모습에 든든한 마음이 들었다. 전학을 다니면서 늘 경험한 것이 있다. 먼저 이렇게 다가와 밝게 대해주는 친구가 그 학교의 '첫 친구'가 된다는 것을 말이다. 수현이는 어느 학교의 첫 친구보다도 밝고 자신감이 넘쳤다. 나는 강하게 느꼈다. 수현이가 나의 네 번째 첫 친구가 될 것임을.

쉬는 시간이었다. 같은 반 친구들이 내 주변을 쭈뼛거리며 서성였다. 그때, 짝꿍인 수현이가 먼저 말을 걸었다.

"전에 있던 학교는 우리 학교 보다 컸어?"

"음, 여기랑 비슷했던 것 같아."

"우리 오늘 급식에 마라탕 나오는데, 전에 학교에서도 나온 적 있어?"

갑자기 누군가가 끼어들어 마라탕에 대해 물었다.

"어…어?"

"아, 소개도 안 하고 급식 먼저 물어봤네. 난 민아야. 김민아."

김민아. 갈색 단발머리에 까무잡잡한 피부. 다른 친구들보다 더 밝은 갈색의 눈동자를 가졌다. 민아는 그 밝은 눈동자를 나에게 가까이 들이밀며 말했다.

"야 김민아, 이름도 안 말해주고 급식 먼저 물어보냐? 하여튼 먹는 거에 제일 관심 많다니까."

수현이가 웃으며 이야기했다. 민아와 수현이는 친한 사이인 듯 보였다.

"남자친구는 있어?"

"전에 학교에는 남자애들이 더 많았어? 여자애들이 더 많았어?"

"너도 그 게임 해?"

"무슨 아이돌 좋아해?"

민아는 급식 질문을 시작으로 나에게 질문 폭격을 시작했다. 전학 첫날 늘 받는 관심이지만, 이런 관심이 싫지 않았다.

"야, 김민아, 그만해. 서아 놀라잖아. 서아야, 놀랐지? 쟤가 호기심이 좀 많아."

수현이가 흥분한 민아를 말렸다.

"아니야, 괜찮아. 오히려 나에게 관심 가져주니까 기분 좋은걸?"

"푸흡, 너도 민아랑 잘 맞을 것 같네? 그래도 김민아가 너무 부담스럽게 굴면 나한테 얘기해. 내가 막아 줄 테니까."

수현이가 자기만 믿으라는 듯 어깨를 으쓱하며 말했다. 든든한 수현이와 밝은 민아 덕분에 미래초에서의 생활이 조금씩 기대되기 시작했다.

"음, 서아가 전학을 왔으니 1인 1역을 다시 정해야겠네?"

"선생님, 그러지 말고 제 청소 구역 다음 1인1역 바꿀 때까지 서아도 같이 하면 안 돼요?"

수현이가 선생님의 물음에 곧바로 이어 말했다.

"오, 그거 좋은 생각인데? 수현이가 청소 시간에 서아한테 학교생활에 대해서 좀 알려주고."

"네, 걱정 마세요. 제가 서아에게 우리 학교에 관한 건 다 알려줄게요."

수현이를 따라 청소구역인 컴퓨터실로 갔다. 컴퓨터실을 같이 청소하는 친구는 수현이뿐만이 아니었다. 아까 봤던 민아도 함께 청소를 맡았다.

"와아, 우리 셋이 같은 청소 구역이라니. 너무 좋다. 이제 우리들 세상이야, 우리들 세상!"

민아가 높아진 목소리로 이야기했다. 그렇게 청소시간은 민아의 말대로 우리들 세상이 되는 시간이었다. 수현이와 민아는 성격이 쾌활해 우리 반의 모든 친구들과 잘 지내는 듯했다. 덕분에 나는 청소시간마다 둘을 통해 우리 반의 여러 소식을 접할 수 있었다.

"아니, 그래서 저번에 조현준이랑 박지우랑 엄청 싸웠다니까? 그 모습을 서아 너도 봤어야 하는 건데."

"근데 둘이 또 화해하고 잘 지내는 것 같던데?"

수현이와 민아가 해주는 이야기에서 우리 반의 누가 싸웠고, 누가 사귀다 헤어졌는지를 단번에 파악할 수 있었다. 또 어떤 날의 청소 시간은 우리 셋의 비밀 이야기가 오고 가는 시간이기도 했다.

"서아야, 넌 우리 반에 마음에 드는 사람 없어?"

민아가 그 밝은 눈동자로 나를 반짝 쳐다보며 물어봤다.

"응, 난 아직…"

"하긴, 서아가 우리 반 남자 애들한테 아깝긴 하지. 그래도 생기면 우리한테 제일 먼저 알려줘야 해."

"물론이지."

나는 비밀이 생기면 둘에게 먼저 말해줄 것을 약속했다. 비밀을 가장 먼저 나누는 사이라니. 정말 이 친구들에게는 내 비밀을 말해줄 수 있을까. 괜히 마음이 간질거렸다.

또 어떤 날의 청소 시간에는 정신없이 술래잡기를 했다. 빗자루를 다리에 끼고 수현이, 민아와 입이 마르도록 웃으며 뛰어다녔다. 그렇게 신나게 술래잡기를 하다가 발을 헛디뎌 크게 넘어진 적이 있었다.

"서아야, 괜찮아?"

민아와 수현이가 바로 달려와 나에게 물었다. 책상 모서리에 부딪친 내 무릎에서 피가 나고 있었다.

"서아야, 교실로 가자. 나 약이랑 밴드 있어."

수현이가 다급한 목소리로 말했다. 나는 수현이와 민아의 부축을 받아 교실로 돌아왔다. 수현이는 재빨리 가방에서 약과 밴드를 꺼냈다.

"고마워, 수현아."

"아니야, 가만히 있어봐."

밴드로 손을 뻗은 순간, 수현이가 내 손을 가로막았다. 수현이는 약을 뜯어 내 무릎에 정성스럽게 발라주었다. 그리고 가느다란 손으로 밴드를 직접 내 무릎에 붙여주었다. 나는 그런 수현이의 모습에 빙그레 웃음이 났다.

"고마워. 넌 이런 것도 가지고 다녀?"

"응, 난 반장이잖아."

수현이도 나를 향해 미소 지었다. 아픈 무릎이 갑자기 낫는 것 같은 기분이 들었다. 수현이는 든든했다. 다정했다. 친절했다. 그렇게 우리의 청소시간은 비밀스러우면서도 시끌벅적했다. 전학 오고 2주쯤 지났을까. 수현이가 나에게 작은 구슬로 만든 팔찌를 건네며 말했다.

"우리는 학교 끝나고 자주 세현아파트 놀이터에서 모여. 박서아,

너도 오늘부터 올래?"

하늘색 구슬로 끼워진 팔찌였다. 가운데에는 P.S.A 내 영어 이니셜이 새겨져 있었다. 이 팔찌가 어떤 의미인지 나는 너무나 잘 알고 있었다. 수현이는 전학 첫날부터 똑같은 빨간색 팔찌를, 민아는 초록색 팔찌를 끼고 있었다. 이것은 우정의 증표인 것이다. 그리고 학교가 끝나고 만나자는 것은 진정한 친구가 된다는 것이다. 나는 수현이의 제안을 흔쾌히 받아들였다.

"좋아, 이따 학교 끝나고 바로?"

"응, 나랑 민아 따라오면 돼."

드디어 나는 네 번째 학교에서의 울타리가 생긴 것 같은 든든함을 느꼈다. 미래초에서의 1년이 별 탈 없이 흘러갈 것 같은 좋은 예감이 들었다.

청소시간이 끝나고 5교시가 시작되었다. 나는 빨리 세현아파트 놀이터에 가고 싶어 발을 동동거렸다. 시간은 왜 이렇게 느리게 가는지. 선생님 말 한마디에 시계 한 번, 한 글자 쓰고 시계 한 번, 계속 느리게만 가는 시계 녀석을 흘끔거렸다.

"차렷, 인사!"

나만 신난 건 아니었는지, 반장인 수현이의 인사 소리가 평소보다 더 힘차게 느껴졌다. 수업이 끝나자마자 나는 수현이와 민아를 따라 세현아파트 놀이터로 달려갔다. 아파트 제일 깊숙한 곳에 있는 놀이터는 사람들이 잘 알지 못하는 공간인 것처럼 텅 비어있었다. 마치 우리를 위해 준비된 공간인 것 같았다. 늘 짧은 청소 시간이 아쉬웠는데 이 놀이터에서는 마음껏 놀 수 있다는 사실에 신이 났다. 우리는 벤치에 가방을 집어던지고 미끄럼틀로 올라갔다.

"아, 시원해."

수현이와 내가 동시에 말했다. 우리 셋은 서로를 쳐다보며 키득거렸다.

여름이 시작될 무렵이었지만, 바람만은 상쾌했다. 그때였다. 누군가 걸어오는 소리가 들리기 시작했다. 발소리가 나는 곳을 따라 눈을 옮기자, 어떤 아이가 걸어오고 있었다. 보자마자 알았다. 저건 우리 반 아이다. 한유주. 내가 파악하기로는 우리 반에서 가장 조용한 아이. 내가 알고 있는 건 그뿐이었다. 말 한마디 안 해본 내가 먼저 인사하기엔 민망한 순간이었다. 나는 급히 수현이와 민아에게 눈빛을 보냈다. 수현이, 민아가 한유주와 가깝게 지내지는 않았지만 그래도 종종 대화하는 걸 본 적이 있었다. 하지만 활발한 성격의 수현이와 민아는 우리 반의 누구 하나 빼놓지 않고 사이좋게 지내는 터라, 한유주와의 특별한 점은 보이지 않았다. 가벼운 대화 정도는 하는 사이니까 셋이서 인사하겠지. 그런데 내 예상과 다르게 수현이와 민아는 한유주에게 한마디 인사도 없었다. 한유주도 마찬가지였다. 한유주는 말 한마디 하지 않고 자연스럽게 우리의 가방이 있는 벤치에 자신의 가방을 올려놨다.

"인사… 안 해?"

나는 조심스럽게 민아에게 물었다.

"아, 우리는 필요한 말만 하는 사이야. 인사 같은 건 우리 사이에 필요 없지. 우리 탈출 게임하자. 늦게 온 사람이 술래!"

민아와 수현이는 재빠르게 미끄럼틀 밑으로 달려갔다. 인사도 안하고, 같이 게임을 한다고? 인사가 필요 없는 사이라고? 반에서 가볍게 대화만 하면서 인사가 필요 없는 사이라는 게 나는 도무지 이해가 되지 않았다. 나는 미끄럼틀 위에 혼자 남아 벙쪄있었다. 한유주는 말없이 게임의 술래 역할을 시작했다. 한유주가 우리를 잡으러 미끄럼틀 쪽으로 다가왔다. 나는 한참 머리를 굴렸다. 우리 반에서 제일 조용한 한유주가 수현이와 민아의 아지트인 세현아파트 놀이터에 왔다. 내가 봤을 때 셋은 그렇게 가까운 사이는 아니었다. 그런데 인사도 하지 않고 자연스럽게 가방을 놓았다. 그리고 한유주가 게임에 참여한다…

"찜, 너 술래."

한유주가 가만히 얼어버린 내 쪽으로 팔을 뻗은 그 순간, 나는 한유주의 팔에 있는 반짝이는 그것을 보았다. 노란색. 노란색 팔찌다. 나와 민아와 수현이가 함께 끼고 있는 그 팔찌와 똑같은 팔찌였다. 우리 셋만의 우정의 증표인 그 팔찌 말이다. 어떻게 한유주가 똑같은 팔찌를 갖고 있는 걸까? 분명 수현이가 직접 손으로 만든 팔찌라고 했는데… 한유주의 노란색 팔찌가 자꾸 아른거렸다. 나는 그 팔찌에서 눈을 뗄 수가 없었다. 내가 유주의 팔찌를 빤히 쳐다보는 것을 알았는지, 수현이가 내 옆으로 다가와 말했다.

"아, 유주도 우리랑 같은 팔찌 있어. 내가 우리 반에서 민아랑 유주한테만 만들어 줬었거든."

한유주도 같은 팔찌를 끼고 있다니. 그리고 그동안 내가 그 사실을 모를 만큼 셋의 사이가 특별해 보이지도 않았는데 말이다.

"유주도?"

"응, 나, 민아, 유주. 이렇게 우리 셋이서 끼던 팔찌야. 서아 너한테도 하나 더 만들어준 거고."

수현이는 아무렇지 않은 듯 평소와 같이 친절하게 팔찌에 대해 설명했다. 수현이는 자기 자신, 민아, 유주를 우리 셋이라고 표현했다. 우리 셋이라는 말이 커다란 돌덩이가 되어 내 마음에 굴러오는 것 같았다. 우리 셋, 우리 셋, 우리 셋…

"아, 그렇구나."

온몸에 힘이 쑥 빠지는 느낌이 들었다. 일부러 감추려 그랬던 건 아니겠지만, 셋이 그동안 내가 모르게 특별한 사이였다는 것이 서운하게 느껴졌다. 나는 갑자기 묘한 배신감이 느껴졌다.

"얘들아, 나 학원 시간을 착각했네. 오늘은 먼저 가볼게."

학원 핑계를 대며 나는 급히 놀이터를 떠났다. 복잡한 마음 때문인지 내 발걸음은 도망치듯 빨라졌다.

그다음날 부터였다. 내가 한유주를 관찰하기 시작한 것은. 나의 모든 신경은 학교에 도착한 순간부터 끝날 때까지 한유주에게로 향했다. 한유주는 학교에 항상 제일 늦게 도착했다. 그리고 수업이 시작하기 전까지는 늘 엎드려있었다. 제일 늦게 도착해놓고 또 잠을 자는 건 뭐람. 아무튼 잠이 많은 건 확실했다. 한유주는 정말 필요한 말만 하는 아이였다. 친구들한테도 먼저 말을 거는 일이 없었다. 수현이와 민아에게도 마찬가지였다. 한유주는 수현이와 민아가 말을 걸 때에만 대화를 이어갔다. 하지만 수현이와 민아는 반의 모든 친구들과 하루에 한 번씩은 대화를 했다. 학교 안에서는 한유주가 수현이, 민아와 특별한 사이라는 것을 알 길이 없었다.

한유주는 수업 시간에 발표 한번 하지 않았다. 입은 꾹 닫고, 시선은 늘 칠판에 고정되어 있었다. 표정 변화도 거의 없었다. 밝고 쾌활한 민아, 수현이와는 정반대의 성격이었다. 나는 조용한 한유주가 왠지 모르게 얄미웠다. 도도한 척하기는. 사실 그냥 경계심이 들었다. 나, 수현이, 민아의 울타리에 갑자기 침입자가 끼어든 것 같은 기분이었다.

하지만 이런 생각이 들 때마다 한유주의 노란색 팔찌가 나에게 소리치는 것 같았다. "침입자는 너야, 이 전학생아! 나는 원래부터 수현이 민아와 특별한 사이였다고!"라고 말이다. 맞다. 사실 한유주 입장에서 보면 나는 셋의 울타리에 침입자가 된 셈이다. 그런데도 한유주는 불편한 내색 한번 하지 않았다. 내가 수현이와 민아랑 교실에서 가깝게 지내는데도 자기들이 더 가깝다는 것을 티 내지도 않았다. 한유주는 무슨 생각인 걸까. 그리고 셋은 언제부터 가까운 사이였을까. 나보다 오래된 사이니까 더 친하겠지? 수현이가 팔찌를 만들어줄 만큼 특별한 사람이 나와 민아 말고도 한 명 더 있었다니. 다정하고 친절한 수현이를 한유주에게 빼앗긴 것만 같은 기분이 들었다.

"자, 서아도 이제 우리 반 친구들 이름을 다 외운 것 같으니까 학급 마니또 활동을 시작하겠어요."

선생님이 마니또 활동의 시작을 알렸다.

"마니또는 랜덤으로 뽑은 친구에게 비밀 천사 역할을 해야 해요. 사물함에 편지를 써서 넣어줄 수도 있고, 친구 자리를 몰래 청소할 수도 있어요. 단, 친구에게 들켜서는 안 되겠지요?"

비밀 천사라… 우리 반에서 비밀 천사를 해줄 수 있다면 당연히 수현이의 비밀 천사가 되고 싶었다. 나에게 다가와 준 미래초의 첫 친구. 내가 이 학교에 적응할 수 있도록 가장 큰 도움을 준 친구. 수현이가 뽑힌다면 나는 정말 기쁘게 비밀 천사 역할을 해줄 수 있을 것 같았다. 나는 선생님이 이름 뽑기 통을 내 앞으로 들고 오기 전까지 빌고 또 빌었다.

"제발, 권수현, 권수현, 권수현…"

선생님의 발이 점점 가까워졌다. 마른침을 꿀꺽 삼켰다. 선생님이 내민 통에 손을 집어넣었다. 손을 휘적이다가 종이 하나가 손가락에 툭 걸렸다. 느낌이 왔다. 이거다! 확신에 찬 나는 종이를 집어 들었다. 별것도 아닌데 손이 바들바들 떨렸다. 다른 친구들이 보지 못하게 눈으로 가까이 가져간 종이에는 의외의 이름이 쓰여있었다.

한유주.

갑자기 머리가 확 식는 것 같은 느낌이 들었다. 두근대던 심장이 멈춘 것 같은 기분이었다. 한유주다. 내가 한유주의 비밀 천사다.

"하아…"

환호성을 지르는 친구들 사이로 나는 깊은 한숨을 내쉬었다. 하지만 뭐 어쩌겠는가. 나는 이제 일주일 동안 한유주의 비밀 천사를 해야 한다. 그리고 조금 재수 없지만 한유주는 수현이와 민아의 절친이다. 앞으로 자주 세현아파트 놀이터에서 같이 놀 사이이기도 했다. 그래. 이렇게 된 거 그냥 받아들이자. 수현이와 민아의 친구라면 나랑도 친해질 사이인 거잖아? 전학갈 때 울어줄 친구가 두 명에서 세 명으로 느는 것뿐이다. 그뿐이었다. 이왕 이렇게 된 거이 기회에 한유주랑도 친해지는 건 나쁘지 않을 것 같았다. 학교가 끝나고 텅 빈 교실, 나는 친구들이 없는 사이에 한유주의 사물함에 첫 편지를 넣어두었다. 좋아하는 게 뭐고, 고민은 뭔지 파악을 해야 비밀 천사를 해줄 수 있으니까.

안녕, 유주야? 나는 너의 비밀 천사야.
너의 비밀 천사가 되어서 정말 기쁘다.
너는 어떤 음식을 좋아해?
요즘 제일 어려운 과목은 뭐야?
학교에서 말을 잘 안 해서 너에 대해 아는 게 없네.
너에 대해 최대한 많이 알려줬으면 좋겠어.
그럼 답장 기다릴게!

다음날, 한유주의 사물함에는 답장 편지가 들어있었다.

안녕? 내 비밀친구야.

나에 대해 잘 모른다는 거면 나랑 말을 많이 안 해본 친구인 것 같네?
아니면 일부러 잘 모르는 척하는 건가?^^

내가 요즘 말이 많이 없지? 예전엔 안 그랬는데 점점 학교에서 말을 안
하게 되는 것 같아. 하지만 너에게는 다 말해줄게. 넌 내 비밀 천사니
까. 음… 나는 김밥을 제일 좋아하고 요즘엔 수학이 참 어려워. 학원 그
만두고 나서는 따라가기가 힘들더라고. 넌 어때?

한유주답지 않게 다정스러운 편지였다. 말을 많이 안 하는 게 요
즘에 와서 그런 거라고? 예전에는 말이 많았다는 건가. 의외라고
생각했다. 나는 점심시간에 밥을 가장 먼저 먹고 교실로 올라왔다.
한유주에게 답장 편지를 주려고 왔는데 교실에는 수현이가 먼저 와
있었다. 차라리 잘 됐다. 수현이에게 한유주에 대해 좀 물어봐야지.

"수현아, 나 궁금한 게 있는데…"

"응, 뭔데?"

"유주 말이야. 원래는 좀 밝은 성격이었어?"

나의 물음에 수현이는 교실 천장을 쳐다보며 고민하는 듯 눈을
깜빡거렸다.

"음… 맞아. 사실 유주는 되게 말이 많았어. 원래는 교실에서도
우리랑 매일 붙어있었고."

"그런데 지금은 왜 조용해진 거야? 교실에서 너랑 민아랑도 많이
안 붙어있고."

"그게 사실은… 네가 전학 올 때쯤 유주네 집에 일이 생겼어. 유주 집안 사정이라 내가 자세히 이야기하기는 좀 그래. 아무튼 그때부터 유주는 학교에서 말이 적어졌어. 성격도 좀 변했고."

수현이만 아는 집안 사정이라… 한유주도 나름 말 못 할 고민이 있었구나. 수현이가 화장실을 간 틈을 타, 한유주의 사물함에 답장을 넣어두었다.

너에 대해 알려줘서 고마워 유주야.

나도 요즘 수학이 제일 어렵더라. 6학년 때는 더 어려워진다는데 못 따라갈까 봐 정말 걱정이야.

요즘 너는 뭐 고민 없어? 내가 비밀친구니까 다 들어줄게. 뭐든 말해봐. 완전 비. 밀. 보. 장. 약속할게!

한유주가 이 편지에 답장을 할까? 수현이만 알고 있는 집안 사정이라면 꽤나 깊은 이야기인 것 같은데. 비밀 천사에게도 그 고민을 털어놓을지 나는 궁금해졌다. 다음날, 나는 뜻밖의 답장 편지를 받게 되었다.

고민? 당연히 있지.

비밀은 꼭 지켜주는 거지?

요즘 친구들이랑 놀이를 하고 있어.

그런데 이 놀이를 그만하고 싶은데 어떻게 말을 꺼내야 할지 모르겠어.

놀이를 하고 있다고? 친구들이랑 말도 잘 안 하면서… 우리랑

세현아파트 놀이터에서 하는 게임이 마음에 안 들었나? 하기 싫으면 그만하고 싶다고 말을 하면 되지. 알면 알수록 이상한 아이라는 생각이 들었다. 나는 궁금함을 담아 답장 편지를 보냈다.

> 놀이? 어떤 놀이인데?
>
> 나한테도 알려줄 수 있을까?
>
> 그리고 놀이는 같이 즐거우려고 하는 거잖아. 네가 싫으면 친구들에게 하기 싫다고 이야기하면 되지 않을까?

나의 편지를 끝으로 한유주는 답이 없었다. 한유주는 지금 놀이를 하고 있다고 했다. 그런데 한유주는 그 놀이에 참여하기 싫고, 그만하고 싶다는 말을 못 꺼내고 있는 상황이다. 대체 어떤 놀이일까. 나는 한유주에 대해 더 관찰할 수밖에 없었다. 말을 안 해준다면 내가 알아내고야 말지.

한유주가 교실에서 대화하는 건 한유주의 짝꿍, 권수현, 김민아, 나 이렇게 넷이다. 하지만 짝꿍과는 물건을 빌리는 정도의 대화만 할 뿐, 별다른 말은 없었다. 나와는 놀이라는 것을 하지 않고 있다. 학원은 다니지 않는다고 했으니 학원 친구는 아닐 테고, 그러면 분명 권수현, 김민아와 관련이 있다.

"서아야, 오늘 끝나고 놀이터로 와"

수현이가 생각에 잠긴 나를 불렀다.

"으, 응. 알겠어."

"푸흡, 박서아, 너 무슨 생각을 그렇게 해? 혹시 좋아하는 사람 생긴 거 아니야?"

민아가 장난스럽게 웃으며 이야기했다. 학교가 끝나고 우리의 아지트로 향했다. 그러고 보니 늘 나는 민아와 수현이랑 먼저 놀이터에 도착했고, 한유주는 늦게 놀이터에 도착했다. 그리고 늦게 온 사람이 술래라고 외치는 민아 때문에 한유주는 늘 술래를 맡았다. 아, 자기가 늘 술래를 해서 놀이를 하고 싶지 않다고 하는 건가? 그러면 같이 가면 되는 거잖아?

"얘들아, 근데 왜 맨날 우리끼리만 가? 어차피 유주도 올 거면 같이 가는 게 좋잖아."

나의 물음에 수현이와 민아는 잠시 대답이 없었다.

"응? 아, 아니, 유주가 행동이 좀 느리잖아. 그래서 맨날 지각도 하고. 우리가 먼저 가서 놀이터 찜 해놓으려고 그러는 거지. 다른 사람들이 먼저 가 있으면 못 놀잖아."

수현이의 입은 나를 향해 웃고 있었지만 눈동자는 내가 아닌 다른 곳을 찾아 헤매고 있었다. 별거 아니라고 생각한 내 질문이 수현이를 당황시킨 듯 보였다. 우리는 몇 초간의 정적 끝에 놀이터에 도착했다.

"오늘은 게임 말고 그냥 같이 그네나 타자."

민아가 말했다. 한유주가 저 멀리서 혼자 걸어오고 있었다. 한유주는 또 자연스럽게 가방을 벤치에 올려두고 우리 쪽으로 걸어왔다. 민아와 수현이가 이야기를 하고 있을 때, 한유주는 그 대화에 먼저 끼지 않았다. 같이 게임을 할 땐 몰랐는데 대화를 할 때에는 가만히 서있기만 하는 유주가 병풍같이 느껴졌다.

"한유주, 너는?"

수현이가 민아와 대화를 하다가 유주에게 물었다.

"응?"

"아니, 너희 엄마는 잔소리 안 하시냐고. 어제 수학 시험 봤잖아."

"아, 응. 나도 어제 많이 혼났어. 시험 못 봤다고."

한유주의 대답을 끝으로 더 이상 둘의 대화는 이어지지 않았다. 마치 서로 짠 듯이 수현이의 질문에 한유주는 대답만 할 뿐, 먼저 말을 걸지 않았다. 수현이와 민아가 말이 없는 한유주를 챙겨주고 있다고 생각했었는데 갑자기 이 대화가 부자연스럽게 느껴지기 시작했다. 이 셋의 관계가 약간 이상하다고 생각했다. 수현이와 민아는 마음대로 한유주에게 말을 걸 수 있지만, 한유주는 그렇게 할 수 없는 것처럼 보였다. 셋 사이에는 내가 모르는 자기들끼리의 선이 있는 것 같았다. 나는 이 관계에 의문이 들기 시작했다.

다음날 나는 나의 시선을 한유주가 아니라 한유주와 김민아, 권수현 셋에게로 옮겼다. 셋은 분명 내가 모르는 무엇이 있는 게 분명했다. 쉬는 시간에 셋은 대화를 하고 있는 것처럼 보였다. 그런데 아니었다. 좀 더 자세히 보면 대화를 하는 게 아니었다. 수현이와 민아는 깔깔대며 대화를 하고 있지만, 한유주는 말없이 바라보기만 할 뿐이었다. 그러다가 누군가의 시선이 느껴지면 수현이는 한유주에게 질문을 하나씩 던졌다. 한유주는 한두 번 오는 그 질문에 대답만 할 뿐이었다. 점심시간에 가끔씩 같이 보드게임을 할 때에도 마찬가지였다. 한유주를 껴서 넷이서 보드게임을 할 때 수현이와 민아는 한편을 먹었고, 한유주를 게임에서 끌어내리기 위해 온 힘을 다하고 있었다.

"유주가 또 졌네? 진 사람이 치우기"

게임에서 졌던 유주는 그렇게 매번 보드게임을 정리하곤 했다. 화장실을 갈 때도 마찬가지였다. 나는 늘 수현이, 민아와 화장실에 다녀왔다. 유주는 화장실도 혼자 가는 거냐는 나의 물음에 민아는 늘 이렇게 답했다.

"유주 걔가 워낙 혼자 있는 걸 좋아해."

민아는 한유주가 혼자 있는 걸 좋아한다고 했다. 그런데 생각해 보면, 한유주는 자기 입으로 혼자 있는 걸 좋아한다고 말한 적이 없었다. 다른 친구들이 한유주에게 다가가려고 할 때에도 수현이와 민아는 그걸 귀신같이 알아차리고 막아냈다. 한유주의 짝꿍이 한유주에게 말을 걸려던 순간, 수현이가 특유의 큰 목소리로 말했다.

"이번에 나온 아이돌 포토카드 가질 사람!"

그러면 반 친구들의 모든 시선은 수현이에게로 향했다. 그렇게 한유주는 수현이와 민아 말고 다른 친구와 이야기할 기회마저 빼앗기고 있었다. 치사하다. 교묘하다. 선생님은 모를 만큼, 다른 친구들은 눈치채지 못할 만큼, 그렇게 수현이와 민아는 한유주를 외롭게 만들고 있었다. 그리고 자신들의 울타리에 넣어두고 계속 혼자가 되도록 괴롭히고 있었다. 나는 갑자기 온몸에 소름이 끼쳤다. 반듯하다고 느꼈던 수현이의 머리칼과 오똑한 코가 섬뜩하게 느껴졌다. 맑디맑은 민아의 눈동자가 매섭게 느껴졌다. 나는 내가 보고 느낀 게 맞는지 확인받고 싶었다. 급하게 종이를 꺼내 편지를 적었다.

유주야,
네가 말했던 놀이라는 거 있잖아.
혹시 너 권수현이랑 김민아한테 괴롭힘당하고 있는 거야?
솔직하게 이야기해주었으면 좋겠어.

편지를 넣으려 한유주의 사물함을 열었다. 그런데 한유주의 사물함에는 다른 편지가 놓여있었다. 내가 지난번에 준 편지에 대한 한유주의 답장이었다.

그 놀이는 그만하자고 말 못 해.
그만둘 수 없어.
그래서 난 지금 사라지고 싶어.

나는 내가 넣으려던 편지를 구겨버렸다. 확인받을 필요도 없었다. 유주는 지금 사라지고 싶을 정도로 괴로워하고 있었다. 사라지고 싶어, 사라지고 싶어. 유주의 사라지고 싶다는 편지가 머릿속을 계속 맴돌았다.

나도 사라지고 싶었던 때가 있었다. 사실 사라지고 싶다는 느낌을 그 누구보다도 잘 알고 있다. 두 번째 학교에서의 일이었다. 엄마에게 또 전학을 가야 한다는 말을 듣고, 친구들에게도 두 달 뒤 학교를 떠난다고 이야기를 꺼냈다. 내 얘기를 들은 친한 친구들은 가지 말라며 눈물을 글썽거렸다.

"서아야, 근데 왜 또 전학 가는 거야? 우리 학교에도 전학을 왔었는데 또 가야 하는 이유가 있는 거야?"

나는 친구의 물음에 생각나는 대로 단순하게 대답했다.

"아빠 때문에."

"아빠 때문에? 무슨 일을 하시는데?"

"아… 그, 그거는… 비밀이야."

나는 갑작스러운 친구의 물음에 말을 더듬었다.

사실 우리 아빠는 군인이었다. 어릴 때 나는 아빠가 군인이라는 것이 자랑스러워서 여기저기 이야기를 하고 다녔다. 그러던 어느 날이었다.

"어? 너희 아빠 군인이셔? 우리 아빠도."

내가 다니던 첫 학교에 아빠와 같이 일하는 아저씨의 아들이 있었다. 아빠는 무슨 이유에서인지 그 사실을 매우 난감해 했다. 아빠는 늘 그 아이와 내가 사이좋게 지내고 있는지 확인했다. 그리고 그 아이와는 절대로 싸우지 말고 잘 지내야 한다는 말을 하곤 했다. 지금 생각해 보면 아마 그 아이의 아빠가 우리 아빠보다 더 높은 사람이었던 것 같다. 그 일을 계기로 아빠는 어디 가서 아빠의 직업을 절대 이야기하지 말라고 했다. 그렇게 우리 아빠의 직업은 나의 첫 비밀이 되었다. 나는 아빠와의 약속을 지키기 위해 아빠의 직업을 묻는 질문에는 늘 다른 말로 둘러대곤 했다. 친한 친구들에게도 마찬가지였다. 하지만 내가 비밀이라며 감추는 것 때문에 친구들은 속상함을 느꼈던 걸까. 비밀이라고 둘러댄 다음날부터 나에 대한 이상한 이야기들이 퍼지기 시작했다. 처음엔 '아빠 때문에 전학 다니는 애'로 시작했다. 그런데 하루 이틀이 지나고 그 이야기는 말도 안 되는 이야기로 변해있었다.

"그거 들었어? 박서아 아빠가 경찰 아저씨들한테 쫓기는 사람이래. 쟤 그래서 매번 전학 다니는 거라는데?"

그 말도 안 되는 이야기는 내 귀에까지 들려왔다. 반 친구들의 수군거리는 소리가 매일 아침을 가득 채웠다. 그리고 그 소문을 낸 아이들의 중심에는 나와 가장 친했던 친구들이 있었다.

"박서아 친구들이 그랬어. 쟤네 아빠 집에 잘 들어오지도 않는대. 어쩌다 주말에만 몰래 오신다는데?"

"으, 정말? 무서워. 그러면 서아네 아빠 범죄자인 거야?"

내가 가장 가깝게 느꼈던 친구들은 우리 가족이 주말에만 본다는 것을 알았고, 그걸 이용해 헛소문을 내고 있었다.

"그 소문 너희가 낸 거야?"

나는 친구들을 찾아가 따졌다.

"응, 네가 비밀이라며. 근데 우리 사이에 비밀인 게 어디 있어? 떳떳하지 못하니까 숨기는 거 아니야?"

"먼저 우리 사이에 거리를 둔 건 너야. 집에 초대도 잘 안 해주고,

매번 비밀이라고만 하고."

"우리는 너한테 다 말하는데 넌 매번 우리한테 다 말해주지도 않 았잖아."

친구들의 원망 어린 말들이 쏟아졌다. 난 그저 아빠와의 약속을 지키려고 한 건데… 그게 그렇게 친구들이 화가 날 일이었던 걸까. 약속을 지켜야 한다는 책임감과 나를 이해해 주지 못하는 친구들에 대한 실망이 섞여 나는 입을 떼지 못했다. 그리고 그렇게 나는 아무 말도 하지 못한 채, 친구들과 멀어졌다. 친한 친구들과 멀어진 후에 도 소문은 계속되었다. 처음에는 반 아이들에게 적극적으로 해명했 다. 우리 아빠는 도망 다니는 사람이 아니라고. 경찰에게 쫓기고 있 지 않다고. 하지만 그런 상황에서도 내가 아빠의 직업을 이야기하 지 않는다는 것, 내가 매번 전학을 다닌다는 것, 그리고 친한 친구 들과 멀어졌다는 것은 다른 친구들이 봤을 때 헛소문을 진실로 받 아들이기에 충분한 이유가 되었다.

"우리 엄마가 너랑 놀지 말래."

어느새 나는 반에서 같이 놀면 안 되는 애가 되어있었다. 친구들 은 나를 없는 사람 취급했고, 곧 전학 갈 범죄자의 딸이랑은 아무도 놀려고 하지 않았다. 나는 점점 힘이 빠졌다. 계속된 친구들의 눈초 리와 수군거림은 나를 지치게 했다. 두 달 남은 전학은 아득해 보 였다. 나는 눈을 질끈 감았다. 두 달만 참자, 두 달만… 이미 진실 이 되어버린 소문 앞에서 나는 그저 하루하루 전학을 기다렸다. 친 한 친구들도 잃고, 소문은 계속되고, 투명 인간처럼 지내야 하는 서러움까지 나를 덮쳤다. 나는 그때 딱 느꼈다. 사라지고 싶다고. 아무도 모르게 학교에서 사라지고 싶다고 말이다. 그래서 유주의 마음을 알 것 같았다. 유주도 그때의 나와 똑같은 감정을 느끼고 있었다. 나는 유주와 대화를 해보고 싶었다. 그리고 유주에게 대체 무슨 놀이를 하고 있는 거냐고, 그건 놀이가 아니라 괴롭힘이라고 꼭 말해주고 싶었다. 학교가 끝나고 세현아파트 놀이터로 가기 전에 유주와 이야기를 해봐야겠다. 이런저런 생각을 하며 복도를 걷고 있을 때, 뒤에서 작은 목소리가 들렸다.

"같이…"

뒤를 돌아보려는 순간, 민아가 나를 불렀다.

"야, 박서아!"

큰 목소리에 깜짝 놀라 민아를 쳐다보았다. 그러고 나서 작은 목소리가 들렸던 뒤를 돌아봤다. 그런데 아무도 없었다. 분명 작은 목소리가 들렸다. 작은 목소리… 유주의 목소리와 비슷했다. 아니, 유주의 목소리였다. 나한테 분명 같이 뭘 하자고 말하려던 참이었을 것이다. 아마 민아가 이를 먼저 발견하고 내 시선을 끌려 나를 부른 것이겠지. 유주랑 단둘이 이야기 하려던 생각이 바뀌었다. 수현이와 민아에게 직접 물어봐야겠다. 세현아파트 놀이터에서.

학교가 끝나고 우리는 늘 그랬던 것처럼 세현아파트 놀이터에 모였다. 평소와 같이 아지트에 모였지만 내 마음은 평소와 달랐다. 오늘은 직접 물어봐야겠다. 수현이랑 민아한테.

"민아야, 아까 복도에서 나 불렀지?"

"응, 맞아."

"왜 부른 거야?"

"응? 아니 그냥 복도에서 보니 반가워서."

민아는 씩 웃으며 이야기했다. 하지만 민아가 말 한건 사실이 아니었다.

"아니잖아."

"응?"

"너 일부러 내 시선 끌려고 나 부른 거잖아. 유주가 나한테 같이 가자고 말할 것 같아서."

그때였다. 수현이의 차가운 목소리가 들렸다.

"한유주, 너 서아한테 같이 가자고 했어?"

수현이의 눈에서 화살이 날아가 유주에게로 꽂히는 듯했다. 그만큼 수현이의 눈빛은 싸늘했다.

"그만해."

나도 모르게 불쑥 그만하라는 말이 튀어나왔다. 유주가 예전의 나 같아서 그랬을까. 아니면 나도 모르는 정의감이라도 있었던 걸까. 나는 수현이와 민아에게 용감하게 그만하라고 말하고 있었다.

"나 다 알아. 너희가 유주 괴롭히는 거. 너네는 그거를 놀이라고 부르니? 그게 어떻게 놀이야? 같이 하는 사람이 괴로운데."

나의 말에 수현이의 눈빛이 흔들렸다. 나는 기세를 몰아 더 말을 꺼냈다.

"너희가 말걸 때만 대답하기, 다른 친구들이랑 못 놀게 막기, 같이 게임하는 척하면서 지게 만들기, 혼자 두고 너네끼리만 놀기. 이게 너희가 정한 놀이 규칙이야? 이런 치사한 규칙은 누가 정했는데?"

그때였다. 낮고 차분한 목소리가 내 귓가를 울렸다.

"나야. 그 규칙 만든 거."

유주. 유주였다. 게임의 규칙을 만든 게 유주 본인이라고 말했다. 흥분한 나에게 누군가 찬물을 끼얹은 것 같았다. 나는 얼음처럼 굳은 채로 유주를 바라보았다.

"그러니까 그만해. 서아야."

나는 어찌할 바를 몰라 눈알만 굴렸다. 그러다 문득 수현이를 보게 되었다. 수현이의 눈에는 눈물이 고여 있었다. 그리고 입은 비죽거리고 표정은 일그러져 있었다. 늘 반듯하다고 느꼈던 수현이에게서 처음 보는 모습이었다. 수현이는 나에게 소리쳤다.

"넌 아무것도 모르잖아!"

수현이가 흐르는 눈물을 닦아내며 고개를 돌렸다. 그러고는 가방을 들고 놀이터 밖을 뛰쳐나갔다.

"야, 권수현!"

민아가 수현이의 뒤를 따라 뛰어갔다. 나와 유주는 한참을 아무 말 없이 놀이터에 서있었다. 찌르는 듯한 매미 소리만이 우리 사이를 채우고 있었다.

"서아야, 왜 그랬어."

먼저 입을 뗀 건 유주였다.

"너 사라지고 싶다며. 그 정도로 힘들다며. 근데 어떻게 모르는 척해."

"하지만 내가 먼저 시작했는걸. 수현이는 잘못 없어. 놀이를 하자고 한건 나야."

"아니 어떻게… 어떻게 그런 걸 하자고 한 거야?"

나는 떨리는 목소리로 유주에게 물었다. 유주는 망설이는 듯하다가 대화를 이어갔다.

"처음엔 장난이었어. 난 수현이를 무척 좋아했거든."

"근데?"

"수현이는 예쁘고, 다정하고, 인기도 많지. 나는 그런 수현이가 부러웠어. 그리고 수현이는 친구들도 많잖아. 그래서 왠지 나 하나쯤 옆에 없어도 수현이는 아무렇지 않을 것 같았어. 나는 수현이를 제일 소중한 친구라고 생각하는데, 수현이 그게 아닌 것 같아서 괜히 질투가 났나 봐."

"그래서 네가 먼저 따돌린 거야? 수현이를?"

"아니, 처음엔 우연이었어. 내가 같이 가는 걸 깜빡하고 혼자 세현아파트 놀이터로 가고 있던 날이었어. 수현이가 내 뒤를 막 쫓아오면서 내 이름을 부르는 거야. 엄청 애타게. 그리고 자기는 왜 두고 가냐며 엄청 서운해하는 거 있지? 거기서 그러면 안 되는 거 아는데… 나도 내가 나쁜 거 아는데, 뭔가 기분이 좋았어. 수현이가 나에게 매달리는 것 같았거든. 수현이도 나를 특별하게 생각하고 있다는 걸 확인받은 것 같았어."

확인받았으면 된 것 아닐까. 수현이가 유주에게 똑같이 복수하고 싶을 만큼 유주는 수현이를 괴롭혀만 했을까. 나는 생각이 복잡해졌다.

"아니, 그래도 그렇지. 그리고 수현이도 너를 특별하게 생각한다는 걸 느꼈다며. 그러면 그걸로 된 거잖아."

"그랬어야 했는데, 거기서 멈췄어야 했는데, 그러지 못했어. 내가 퉁명스럽게 대할수록 수현이는 나를 다른 친구들과 다르게 대했어."

"다르게 대했다고?"

"응, 자기가 뭐 잘못한 게 있냐고 물어보고는 하루 종일 내 눈치만 봤어. 늘 당찬 수현이가 당황하니까 그 모습이 재미있어서 괜히 웃음이 나기도 하더라. 나는 수현이에게 특별한 사람이 된 것만 같았어. 늘 당당한 수현이를 당황시킬 수 있는 사람, 수현이가 쩔쩔매는 사람, 수현이가 특별하게 생각하는 사람. 그게 바로 내가 된 것만 같았어."

수현이에게 특별한 사람이라… 늘 주변에 친구들이 북적거리는 수현이의 모습이 떠올랐다. 유주는 그 많은 친구들 중에서 가장 특별한 사람이 되고 싶었나 보다.

"그래서 수현이를 계속 그렇게 대했던 거야?"

"응, 며칠을 그렇게 지냈어. 수현이는 자기가 뭘 엄청 잘못한 줄 알고 나에게 미안해했어. 그러다가 수현이가 단둘이 여기서 보자고 하더라고. 나는 그때 머리가 새하얘졌어. 수현이가 나에게 왜 그러는 거냐고 진지하게 물어볼 것만 같았는데, 사실 할 말이 없었거든. 그냥, 그냥 수현이가 나만 다르게 대하는 게 좋아서 그랬다고 말하기가 어려웠어. 너무 유치하잖아."

유주가 자신의 유치함을 비웃듯 쓴웃음을 지으며 말했다. 맞다. 유치하다. 제일 친한 친구. 제일 특별한 친구. 그런 게 되고 싶어서 그랬다는 건 정말 유치하다. 내가 유주였어도 솔직하게 이야기하지 못했을 것이다. 그런데 왜일까. 나는 유주의 말에 수현이를 유주에게 빼앗겼다고 생각했던 지난 내 모습이 떠올랐다.

"그래서?"

"그래서 놀이를 한 거였다고 얼버무렸어. 투명인간 놀이. 일부러 말도 안 하고, 혼자 두고, 소외 시키는 게 놀이 규칙이라고 했어. 그리고 이번엔 내 차례라고 했어. 그러니까 당했던 것만큼 나한테 똑같이 하면 된다고 했어."

유주의 말은 충격적이었다. 괴롭힘의 다음 순서가 자기 자신이라고 하다니. 아무리 말할 수 없는 이유라 하더라도 자신을 따돌리라는 규칙은 너무나 잔인했다.

"그래서 지금 수현이랑 민아가 너를 그렇게 대하는 거야?"

"응, 맞아. 놀이니까 민아도 같이 껴서 하자고 했어. 수현이가 진짜 이유를 아는 것보다 이렇게 나를 따돌리는 게 더 나아. 그리고 이제 일주일만 더 버티면 원래대로 돌아갈 수 있어. 내가 수현이를 투명 인간처럼 대했던 기간만큼 나도 당하기로 했거든. 내가 먼저 시작했으니까 이렇게 끝내는 게 맞아."

순서를 돌아가며 하는 투명인간 놀이라… 그건 놀이가 아니라 괴롭힘이었다. 그 괴롭힘이 끝나면 원래대로 돌아갈 수 있을 거라고 생각하는 유주가 나는 이해되지 않았다.

"놀이가 끝나면 수현이랑 예전처럼 돌아갈 수 있다고 생각해?"

나의 질문에 유주는 답이 없었다. 유주도 사실 알고 있을 것이다. 이번 놀이 순서가 끝나도 수현이와 예전처럼 지낼 수 없다는 것을 말이다.

우리는 그 후로 며칠 동안 서먹서먹하게 지냈다. 누구 하나 예전처럼 세현아파트 놀이터에서 모이자는 말이 없었다. 청소 시간에도 자기 역할만 다할 뿐, 이전처럼 즐겁게 보내지 않았다. 내가 괜히 먼저 이야기를 꺼냈나 후회했다. 그때 세현아파트 놀이터에서 물어보지 말걸. 그냥 모른 척할걸. 나는 몇 번이나 후회했다. 괜히 이 셋의 싸움을 들춰낸 것 같은 생각이 들었다. 그냥 수현이, 민아랑만 잘 지내면 될 것을 괜히 나서가지고는. 이 바보, 바보! 내가 관계를 더 망친 것 같은 기분이었다. 유주는 이전보다 더 말이 없어졌다. 유주는 무슨 생각인 걸까.

"휴우…"

한숨이 절로 나왔다. 나는 여기서 어떻게 해야 할까. 이렇게 어색하게 시간을 보내다가 또 전학을 가게 될까. 아니면 지금이라도 다른 친구들이랑 지내야 하나. 내가 나서서 셋의 관계를 풀어줘야 할까.

아니다. 또 나섰다가 더 관계를 망칠지도 몰라. 그냥 가만히 있다가 또 전학 가면 그만이지. 나는 고개를 휘휘 저으며 자리로 돌아왔다. 교과서를 꺼내려 책상 속에 손을 넣은 순간이었다. 무언가 바스락거리는 종이가 손에 집혔다.

> 내 비밀 천사 서아야.
> 날 좀 도와줘. 수현이와 어떻게 하면 다시 잘 지낼 수 있을까? 사실 나도 알고 있어. 이 놀이가 끝나도 예전처럼 지낼 수 없다는 걸 말이야. 그래서 네 도움이 필요해. 오늘 학교 끝나고 잠깐 볼 수 있을까?
> 　　　　　　　　　　　　　　　　　　　　　　　　-유주가-

유주였다. 맞다. 내가 유주의 비밀 천사였다는 것을 깜빡 잊고 있었다. 유주가 나에게 도움을 요청했다. 난감했다. 내가 유주를 도와서 뭘 할 수 있을까. 내가 나서봤자 셋이서 직접 풀지 않으면 잘 지낼 수 없을 텐데. 나는 고민을 한가득 안고 유주를 만났다.

"서아야, 여기."

유주가 복도에서 나를 불렀다. 우리는 빈 교실에 들어가 이야기를 나눴다. 나는 나의 복잡한 마음을 유주에게 털어놨다.

"유주야, 네가 도와달라고는 했지만 뭘 어떻게 도와야 할지 모르겠어. 괜히 내가 또 나섰다가 더 어색해질 수도 있는 거잖아."

유주는 뜸을 들이다가 대답했다.

"알아. 하지만 나도 어떻게 해야 할지 잘 모르겠어. 서아 너는 전학 다니면서 다른 친구들이랑 싸운 적 있었어?"

유주의 물음에 두 번째 학교에서의 일이 떠올랐다.

"그럼, 있지. 지금 너처럼 난 완전 투명 인간이었어. 물론 도망치듯 전학을 가서 끝나버렸지만."

"그럼 전학 와서 다 해결되었다고 생각해? 그냥 서로 안 보면 그만인 건가. 나도 전학이라도 가야 하는 걸까."

유주의 물음에 나는 생각에 잠겼다. 내가 전학을 왔다 그래서 이전에 느꼈던 감정들이 다 사라졌는가? 사실 아니었다. 전학을 와서도 이전 학교에서 느꼈던 감정들이 완전히 없어지는 건 아니었다. 전학을 가고, 새로운 친구를 사귈 때마다 그 일이 문득 생각나 괴롭기도 했다. 다시는 겪고 싶지 않은 일이었다. 나는 유주에게 말했다.

"아니, 전학 가도 안 끝나. 상처받은 건 계속 생각나. 전학 가는 건 그냥 도망치는 것뿐이야."

"도망? 그러면 끝나는 게 아니네. 서아야, 네가 수현이라면 내가 어떻게 했으면 좋겠어?"

내가 수현이라면, 수현이라면… 내가 이전 학교에서 투명인간 취급을 받았을 때 나는 사실 솔직하게 이야기하고 싶었다. 친한 친구들에게 사실 우리 아빠가 군인이고, 나는 아빠와 한 약속이 있어서 이야기하지 못한 거라고 말이다. 그렇게 솔직하게 털어놨으면 어땠을까. 친구들도 진심으로 사과했을까. 서로 오해를 풀고 웃으며 헤어질 수 있었을까.

"솔직하게 말해."

"응?"

"내가 수현이라면 네가 솔직하게 이야기하기를 바랄 것 같아. 네가 왜 그랬는지, 어떤 마음이었는지를 수현이에게 먼저 말해봐. 그리고 사과해."

"그렇게 말했는데 수현이가 안 받아주면? 이렇게 영원히 지내자고 하면 어떡해?"

유주가 기어가는 목소리로 이야기했다.

"그건 사과하고 나서 생각해. 일단 솔직하게 이야기하는 게 먼저야."

"그럼 마지막으로 나 한 번만 더 도와줄 수 있어?"

유주가 무언가 결심했다는 듯한 목소리로 나에게 물었다.

"수현이랑 민아 내일 학교 끝나고 세현아파트 놀이터에 오게 해줘. 그다음은 내가 알아서 할게. 비밀 천사한테 부탁하는 마지막 소원이야."

이 셋의 싸움에 끼는 것이 망설여졌지만, 나는 유주의 마지막 부탁을 들어주기로 했다. 나는 유주의 비밀 천사니까.

다음날, 나는 수현이와 민아에게 할 얘기가 있다며 세현아파트 놀이터로 와달라고 했다. 다행히 수현이와 민아는 알겠다며 고개를 끄덕였다. 학교가 끝나기만을 기다리고 또 기다렸다. 수업에 도통 집중을 할 수가 없었다. 내가 직접 사과하는 것도 아닌데, 왜 이렇게 떨리는 건지. 학교가 끝나고 놀이터로 가는 길에는 비가 주룩주룩 내렸다. 수현이와 민아에게 유주도 온다는 말은 하지 않았다. 유주와 마주쳤을 때 이 둘의 반응이 어떨지 생각하며 나는 계속 불안해했다. 가뜩이나 초조한데 비까지 내리니 더욱 심란했다. 우산을 쓰고 놀이터로 향했다. 놀이터에는 유주가 먼저 와있었다. 유주를 본 수현이와 민아는 멈칫거렸다. 나는 유주의 마지막 부탁을 꼭 들어주고 싶었다.

"수현아, 민아야. 유주가 꼭 할 말이 있대. 한 번만 들어주면 안 될까?"

나는 눈을 질끈 감고 나섰다. 수현이와 민아는 굳은 듯 발걸음을 멈췄다. 그때였다. 유주가 먼저 다가와 말을 꺼냈다.

"얘들아, 내 얘기 한 번만 들어줘. 내가 그동안 너희에게 솔직하지 못했어."

수현이와 민아는 눈을 동그랗게 뜨고 유주를 쳐다봤다.

"내가 수현이 너를 따돌린 걸 놀이라고 했잖아. 근데 나도 알고 있었어. 그걸 놀이라고 하는 게 얼마나 말이 안 되는지를."

유주는 용기를 내어 한마디 한마디 진심을 담아 이야기했다. 수현이와 민아는 고개를 떨구고는 말이 없었다.

"사실은 내가 수현이 너를 엄청 좋아했어. 나는 너희를 가장 소중한 친구라고 생각했는데, 수현이는 그게 아닌 것 같아서 늘 서운했어. 수현이 네 주변에는 항상 친구들이 많았으니까. 그런데 수현이 네가 쩔쩔 매는 모습에 내가 너에게 특별한 사람이 된 것 같다고 느껴졌어. 그래서 계속 그렇게 못되게 굴었어. 다 내 잘못이야. 다 내가 못돼서 그런 거야. 흐흑… 미안해. 정말 미안해 얘들아. 솔직하게 얘기 못한 것도. 따돌린 것도."

유주의 얼굴은 눈물인지 비인지 모르겠지만 흠뻑 젖어있었다. 고개를 떨구고 있던 수현이가 입을 열었다.

"바보야."

수현이는 유주를 바라보며 말했다.

"어떻게 네가 안 특별해. 어떻게 네가 그냥 친구야. 너희는 나한 테 제일 소중한 친구들이야. 물론 내가 반장이라 친구들이랑 다 사 이좋게 지내는 건 맞지만, 그래도 내 속 얘기까지 할 수 있는 건 너 희들 밖에 없어. 왜 혼자 오해했어. 나한테 말을 하지. 그리고 나도 똑같이 따돌려서 미안해. 나도 가해자야."

수현이가 눈물을 글썽이며 말했다. 옆에서 듣고만 있던 민아가 말을 이었다.

"나도 마찬가지야. 사실 나도 수현이 옆에서 너를 따돌리면서 늘 불안했어. 다음엔 내 차례인 것만 같아서. 놀이가 아닌 걸 알면서도 따지지도 않고 그냥 따라가기만 했어. 미안해…"

유주의 진심 어린 사과에 수현이와 민아도 자신의 마음을 이야기 했다. 나는 셋을 지켜보면서 지난날의 나를 떠올렸다. 나도 만약 이 렇게 진심으로 이야기하는 시간이 있었다면 어땠을까. 한 번이라도 붙잡고 친구들한테 내 비밀을 지켜 달라 부탁하고 솔직하게 말했으 면 달라졌을까. 서로 진심으로 이야기하는 셋을 보고 있으니 어쩌 면 이전의 나와 친구들도 이런 시간이 있었다면 달리지지 않았을까 생각했다. 나는 수많은 생각들을 접어두고 말했다.

"나도 미안해 얘들아. 잘 알지도 못하면서 막 말해서."

"아니야, 서아 네 덕분에 우리가 이렇게 이야기할 수 있었어. 고 마워."

수현이가 예쁜 웃음으로 답했다. 우리는 우산을 바닥에 던져놓 고 떨어지는 비를 함께 맞았다. 넷 다 비를 맞기 전부터 얼굴은 흠뻑 젖어있었다. 눈도 빨갛게 부어있었다. 전학을 갈 때마다 치르던 가짜 눈물 잔치가 아니었다. 우리는 서로에게 진심으로 미안해하고 있었다. 우리는 흠뻑 젖은 채로 서로를 바라보며 깔깔거렸다. 우리의 아지트인 세현아파트 놀이터에서.

우리는 그날 이후 사총사인 것처럼 붙어 다녔다. 그리고 서운한 점이 있으면 솔직하게 이야기하기로 약속하고, 서로의 비밀도 다 털어놓았다. 나와 친구들은 서로의 비밀을 목숨 지키듯 소중하게 지켜줬다. 나, 수현이, 민아, 유주는 이제는 떼려야 뗄 수 없는 사이가 되었다. 그렇게 미래초에서 여름, 가을을 보내고 코끝이 시린 겨울이 다가왔다.

"서아야, 잠깐 앉아봐."

어느 날, 엄마가 가라앉은 목소리로 나를 불렀다. 올 것이 왔구나 싶었다. 친구들과 헤어져야 하는 시기가 또 온 것이다. 수현이, 민아, 유주와 헤어진다고 생각하니 눈물이 핑 돌았다.

"집이랑 가까운 학교"

나는 엄마의 말을 끝까지 듣지도 않고 퉁명스럽게 대답했다. 보나 마나 어디 학교로 전학 가고 싶은지 묻는 것일 테니까.

"얘가 듣지도 않고. 아니, 전학 얘기 아니야. 서아 네 생각이 듣고 싶어서."

"뭔데."

"우리가 이사도 많이 다녔고, 여기 동네가 그동안 다녔던 동네 중

에서는 서아가 중학교, 고등학교까지 다니기 제일 괜찮을 것 같기
도 해서…"

"그래서?"

"그래서 말인데, 이제 아빠랑은 주말에만 보고 우리는 여기에 있
는 거 어때?"

너무 좋아서 소리를 지를 뻔했다. 아빠가 옆에 있었다면 서운해
했을지도 모르겠다. 하지만 나는 엄마의 물음에 바로 대답했다.

"좋아요! 나도 이 동네가 제일 좋아요. 우리 아빠 따라가지 말고
여기에 살아요."

"그래, 서아 너도 전학 다니느라 힘들었구나? 아빠랑은 사실 이
미 얘기했어. 이제 엄마도 이사 다니는 거 너무 힘들기도 하고."

심장이 쿵쾅거렸다. 전학을 안가도 된다니. 미래초를 계속 다닐
수 있다니. 나는 수현이, 민아, 유주에게 바로 메시지를 보냈다.

> 아지트로 와. 지금 당장!

빨리 보고 싶었다. 놀이터로 향하는 발걸음이 빨라졌다. 달리면
서 맞는 겨울바람이 하나도 차갑지 않았다. 친구들을 빨리 만나 처
음으로 이 말을 하고 싶었다. 내년에도 꼭 같은 반이 되고 싶다고.

새싹의 꿈

열구름

열구름 봄만 되면 드루이드를 꿈꾸는 식물킬러.

매번 한 해를 넘기기 힘들지만, 자라는 식물을 보고있으면 저절로 기분이 좋아지지 않

나요?

그런 식물처럼 사람들 사이에도 서로 좋고 편안한 마음으로 만나고 살아갈 수 있다면

좋겠다는 생각을 해봅니다.

이건 뭔가 잘못됐다.

멀지 않은 곳에서 짹짹 새가 지저귀는 소리가 들렸다. 깜깜한 어둠 사이로 작은 빛이 비추는 듯했다. 난 그 작은 빛을 향해 팔을 쭉 뻗어 기지개를 켰다. 땅속에 묻힌 작은 씨앗이었던 나는 그렇게 뽕하고 세상 밖을 나왔다.

푸른 하늘, 상쾌한 공기 드넓게 펼쳐진 땅.

그런 것을 상상했건만, 눈앞에 보인 것은 그늘진 어둠. 햇빛을 등진 뾰족뾰족한 잎사귀들이 주변을 빼곡히 감싼 채 나를 내려다보고 있었다.

"안녕?"

그늘진 얼굴 하나가 말을 걸어오자 어깨가 절로 움츠러들었다. 눈이 마주친 다른 잎사귀들도 하나, 둘 말을 걸어왔다.

"넌 누구지?"

"새로운 친구가 왔네?"

"우린 잔디야. 넌 어떤 식물이니?"

내가 누구냐고? 잔디들 사이에 태어났으니, 잔디가 아닐까 하는 생각을 잠시 해봤지만 내 대답에는 관심이 없는 듯 잔디들은 저들끼리 재잘재잘 떠들 뿐이었다.

"커다란 나무일까?"

"아니야, 이렇게 작은 걸 보면 분명 토끼풀 같은 작은 식물이야."

"그런 것 치곤 떡잎이 큰걸."

"그럼 뭐 해? 말라비틀어진 쭉정이 같은걸. 우리와 같이 있으면 볕도 못 쬐고 시들시들하다가 곧 죽어버릴 거야."

그들은 내가 듣든 말든 무서운 말들을 마구 쏟아냈다. 내가 이들과 같은 잔디가 아니라면 나는 누구일까? 나는 정말 빛 한 번 보지 못하고 죽게 되는 걸까? 그들이 하는 말들은 모두 사실이었지만 나의 어딘가를 저격하듯 날아와 갉아 먹는 듯 했다.

에잇. 저들의 말에 사로잡히면 얼마 안 가 정말로 말에 먹혀 죽어버릴지도 몰라.

애써 그들을 무시하기로 다짐하고는 주변을 좀 더 둘러봤다. 그때 바람이 살랑살랑 불어오자 흔들리는 잔디들 사이로 햇빛이 단비처럼 내 위를 스치듯 반짝였다. 덕분에 잠깐 기분이 좋아졌지만 그뿐이었다.

난 땅속으로 관심을 돌렸다. 빛이 없다면 땅속의 양분으로 배를 채우면 되니까. 좀 더 넓고 깊게 뿌리를 뻗어 보았다. 하지만 곧 무언가에 걸리고 말았다.

"하하하. 간지러워! 누가 내 뿌리를 간지럽히는 거야!"

조금 떨어진 곳에 있던 잔디 하나가 웃자. 깜짝 놀라 다시 뿌리를 움츠렸다. 내 뿌리가 그 잔디에게 닿은 모양이었다. 땅속 역시 잔디들이 거의 모든 자리를 차지하고 있었다.

어쩐지… 씨앗일 때도 땅속에 뿌리를 내리기가 쉽지 않더라니… 주변에 이렇게 많은 잔디가 빼곡히 자리 잡고 있으니 당연한 일이었다. 그 때문에 흙 속의 양분을 얻기도 쉽지 않았더랬다. 그래서 말라비틀어진 쭉정이처럼 싹을 틔우게 된 걸까? 산들산들 불어오는 청아한 공기와 따스한 빛을 기대했는데… 아름답게 자라날 나의 미래도….

기대와는 다른 현실에 어깨가 축 늘어졌다.

잔디들은 나에 대한 흥미가 떨어졌는지 저들만의 이야기들을 이어 나갔다.

잔디들은 정말 시도 때도 없이 말을 쏟아냈다. 그 때문에 항상 귀가 아프고 정신이 없었다. 한가지 좋았던 점은 내 작은 키로는 볼 수 없는 주변에 대해 알 수 있다는 것이었다.

"안녕?"

"안녕?"

때때로 그들은 누군가에게 인사를 건넸다. 주변에는 잔디 말고도 많은 식물들이 있는 것 같았다. 동물들의 목소리도 간혹 들리는 듯했다. 하지만 슬프게도 직접 그들을 보거나 이야기를 나눌 수는 없었다. 아마 그들은 잔디보다도 작은 내가 여기에 존재하는 것조차 모르고 있을 게 뻔했다.

나는 갑갑함과 허기짐을 애써 무시한 채 잠에 들었다.

툭, 투둑.

잎줄기를 따라 물방울이 아래로 떨어지며 땅을 톡톡 두드렸다. 아직 얼마 나지 않은 잎들 사이로 따스한 빛이 비쳤다.

"어?"

그렇다. 빛이 나의 잎사귀 위로 내려앉았다. 원래는 잔디들 사이를 비집고 고개를 이리저리 흔들어야 겨우 보일 듯 말 듯 했던 빛이다. 평소에는 느낄 수 없던 따스함에 주변을 둘러보니 잔디들이 내 시야 아래로 얼굴들을 내밀고 나를 올려다보고 있었다.

"와 간밤에 이만큼이나 자랐구나!"

이번에도 눈이 마주친 잔디 하나가 먼저 말을 걸어왔다.

"어떻게 이렇게 금방 자랄 수 있지?"

"어제만 해도 금방 죽어버릴 줄로만 알았는데!"

"무슨 식물이기에 이렇게 금방 자라지?"

잔디들이 악담인지 감탄인지 모를 말들을 쏟아냈다.

"넌 정말 어떤 식물이니?"

그들 중 하나가 이 전에도 마음에 걸렸었던 질문을 했지만, 귀에 잘 들어 오지 않았다.

언덕 위. 넓게 깔린 잔디와 듬성듬성 피어있는 꽃들 뒤로 저 멀리

크고 작은 나무들이 하늘을 향해 뻗어 있는 것이 보였다. 그 나무들 위로는 새들이 하늘을 날았다. 그 위로 둥글고 눈 부신 태양이 나를 비추고 있었다. 파란 하늘 아래 어느 숲. 작은 언덕 위에 내가 있었다.

상쾌한 바람이 반갑다는 듯 줄기와 잎을 흔들었다. 조금 키가 커졌을 뿐이지만 잔디들에 가려지지 않은 세상은 내가 꿈꾸던 그런 곳이었다. 나도 모르게 웃음이 났다.

푸드덕, 푸드덕.

멀리서 작은 새 한 마리가 날아오더니 나를 지나쳤다.

새가 향한 방향을 따라 고개를 돌리자, 나무 한 그루가 거대한 덩치를 뽐내듯 서 있었다. 하늘에 닿을 듯 높게 뻗은 나뭇가지가 머리 위에서 사락사락 흔들렸다. 새는 나뭇가지에 앉아 깃을 다듬고 있었다.

이 커다란 나무를 왜 진작 발견하지 못했을까. 감탄하고 있던 그때 무언가 나를 향해 떨어졌다.

쿵.

"아악!"

엄청난 고통에 비명이 절로 나왔다. 커다란 사과가 내 위로 떨어지며 줄기가 꺾였다. 커다란 나무가 그제야 나를 발견한 듯 다급하게 말했다.

"아니, 정말 미안해. 그런 곳에 네가 있는 줄은 몰랐어. 괜찮니?"

"괜찮냐고? 지금 네 열매가 나를 짓뭉개고 있는걸. 너무 아프고 괴로워."

눈물이 났다. 우울하기만 한 나의 세상에 꿈꾸던 희망이 보였다고 생각했는데.

깜짝 놀란 새가 다가와 사과를 치워 주었지만 이미 꺾여 버린 줄기는 쉽게 펴지지 않았다.

"금방 자랐다 싶더니 다시 땅으로 고꾸라져 버렸네."

"안타까워라."

"괜찮니?"

멀어진 듯했던 잔디들의 목소리가 조롱하듯 다시 귓가를 울렸다. 얄밉게도 같이 사과에 깔렸던 잔디들은 왜인지 나와는 달리 너무나 멀쩡하게 다시 일어났다.

"저런, 줄기에 힘이 없어 보이더니. 작은 충격으로 꺾여 버렸나봐."

"살 수 있을까?"

저들은 어찌 저런 무서운 말을 쉽게 내뱉는걸까. 이들에게 짜증 내고 소리치고 싶었지만 고통스러움에 계속 눈물만 줄줄 흘렸다.

그러자 눈치를 보던 주변의 잔디들이 제 몸을 받침대 삼아 나를 들어 올려 주었다.

"힘내. 작은 새싹아. 다시 자라 날 수 있을 거야."

"그래. 빛도 받고 양분도 열심히 먹으면 곧 다친 곳에서 새로운 싹이 날 거야."

양분은 무슨! 배곡한 잔디들이 다 먹는 바람에 태어나자마자 허기를 느껴야 했다.

잔디들이 나름의 위로를 해주었지만, 기분이 풀리기는커녕 오히려 원망만 커져갔다. 그래도 한편으론 그들이 나를 받쳐준 덕에 따뜻한 햇빛은 볼 수 있지 않을까. 작은 희망을 품어 보고는 나를 향해 내리쬐는 태양을 향해 고개를 들었다.

하지만 난 다시 절망감을 느껴야 했다. 나를 바라봤던 태양은 어느새 커다란 사과나무의 가지와 잎들 뒤로 숨어 보이지 않았다.

햇빛은 무슨! 잔디의 그늘을 벗어났더니 나무 그늘 아래라니!

다른 방향으로 고개를 돌리면 푸른 하늘이 보이긴 했지만 반대 방향으로는 커다란 나무가 가지를 넓게 뻗고 있는 탓에 나에게 주어진 해님의 온기는 정말 아주 잠깐 뿐이었던 것이다.

왜 이런 곳에 뿌리를 내렸을까.

신경을 긁어대듯 재잘거리는 잔디들도. 나를 이렇게 만든 거대한 나무도 너무너무 미웠다. 태어나자마자 이런 수모를 겪어야 하는 현실이 너무 싫었다.

잔디들 위로 얼굴을 묻고 한참을 울다 지쳐 잠들었다.

그리고 한동안은 자면서 하루하루를 버텼다. 눈을 뜨면 다친 줄기에서 고통이 밀려온 탓이었다. 그리고 잠을 자면 시끄러운 잔디들의 목소리를 듣지 않아도 되었다.

시간이 지나 아픔이 거의 가셨을 즈음 비바람이 거세게 불어 왔다. 잔디들이 우왕좌왕하며 뿌리를 거세게 조여왔다. 이번에야 말로 이들이 나를 죽이려 드는 것이 아닌가 하는 생각이 들 정도로 갑갑했지만 눈을 뜨면 그들의 말이 화살이 되어 나를 또 아프게 할지 모른다는 생각 때문에 자는척, 아픈척을 하며 비바람을 버텨냈다.

짹짹.

시간이 얼마나 지났을까. 다시 날이 밝고 새가 지저귀는 소리가 들리자, 눈을 떴다. 언덕 아래로 새파란 하늘과 푸른 식물들이 이슬을 머금고 반짝이는 것이 보였다. 몸도 더 이상 아프지 않았고 모든 것이 평화로워 보였다.

고개를 꺾어 위를 올려다보자 커다란 나무의 가지와 잎이 산들바람에 사락사락 움직이는 것이 보였다. 난 여전히 거대한 나무그늘 아래에 있었다.

나도 모르게 한숨이 나왔다.

"안녕? 다친 곳은 이제 괜찮니?"

한숨 소리가 컸던 걸까? 커다란 나무가 나를 보곤 말을 걸어왔다. 난 미운 마음에 "흥"하고 콧방귀를 끼며 고개를 돌렸다.

"그 사이 너도 거의 나무가 다 되었구나."

사과나무의 말에 나의 몸을 다시 내려다보았다. 커다란 사과나무에 비하면 아직 얇디얇은 나뭇가지에 불과했지만, 그랬다. 나도 제법 많이 자랐다. 연한 녹색 줄기도 단단한 갈색으로 변해가고 있었다. 아래로 잔디들이 저들끼리 재잘재잘 떠드는 모습이 보였다. 키가 커진 덕분에 잔디들의 목소리가 한층 멀어져 작게 들려왔다.

멀리서 새들이 날아와 커다란 나무의 가지 위로 내려앉았다.

"사과나무야 안녕? 배가 너무 고픈데 네 열매를 좀 나눠 줄 수 없을까? 대신 너를 괴롭히는 벌레가 있다면 우리가 잡아 줄게!"

커다란 나무는 흔쾌히 새들에게 열매를 나눠 주었다.

나는 이전과 같은 불상사가 다시 일어나지 않을까 노심초사하며 새들이 열매를 먹는 것을 지켜 봐야 했다.

얼마 지나지 않아 사슴 한 마리가 다가왔다.

"안녕 사과나무야. 나에게도 열매를 나눠 줄 수 없겠니?"

사슴은 사과를 나눠 먹곤 커다란 나무에 몸을 비비며 가려운 곳도 긁어 달라고 했다.

조금 지나자 이번에는 다람쥐가 사과나뭇가지를 타고 내려왔다.

"안녕, 안녕? 다들 오랜만이야 나도 나도 맛있는 사과 먹고 싶어!"

토끼들도 나무를 찾아왔다.

"안녕? 우린 그늘에서 조금 쉬다 갈래."

나에게는 그저 빛을 차단하는 방해물일 뿐인 나무 그늘이 그들에겐 좋은 쉼터가 되었다.

동물들은 거의 매일 나무를 찾아와 열매를 얻거나. 나무 그늘을 빌려 쉬다 가곤 했다. 커다란 동물들이 연약한 나의 줄기를 꺾지 않을까 걱정이 되기도 했지만, 숲에서 일어나는 일들을 이야기하며 쉬는 모습들을 보면 나도 모르게 미소가 지어지며 가슴에 몽글몽글 무언가가 자라나는 기분이 들었다.

나도 커다랗게 자라, 저들처럼 내 열매를 나누고 친구들을 사귀고 즐겁게 살 수 있을까?

나는 내 쭉정이 같은 얇은 줄기와 사과나무 넘어 해님이 있을 방향을 번갈아 보며 이루어지기 힘든 미래를 그렸다.

또다시 한참의 시간이 흘렀다.

이상한 날이었다. 저 멀리 숲의 가장자리쯤부터인가 위이잉 하는 소리와 함께 쿵쿵, 땅이 울리고 새들이 도망치듯 날아올랐다. 지진이라도 난 걸까. 그 소리와 진동은 서서히 다가오고 있었다.

"괜찮을 거야. 무서워하지 말렴."

사과나무는 나에겐 보이지 않는 숲 너머를 바라보며 걱정스러운 표정을 지었지만, 곧 미소 지으며 다정하게 말했다. 불안한 마음에 나도 모르게 그의 뿌리 한쪽을 꼭 붙잡았다. 나무는 뿌리치지 않고 든든하게 맞잡아 주었다. 그 순간 나무를 미워하기만 했던 내 모습이 부끄럽고 초라하게 느껴졌다. 소리와 진동은 날이 저물도록 이어졌지만, 사과나무는 내가 잠이 들때까지 달래주었다.

다음 날 아침. 잎사귀 아래로 내리쬐는 강렬한 햇빛에 잠이 깼다. 이상하게도 날이 너무 밝고 고요 했다.

언덕 아래로 숲으로 가득했던 나무들이 밑동만 남은 채 사라지고 없었다.

충격적이었다.

늘 머리 위를 가리던 커다란 나무의 그늘이 느껴지지 않자. 섬뜩한 생각이 머릿속을 스쳤다.

아니나 다를까. 전날 밤 나를 다정하게 달래주던 사과나무가 사라지고 없었다. 다른 나무들처럼 그루터기만 남긴 채.

이제 숲의 언덕 위에 자리 잡은 나무는 나뿐이었다. 혼란스러웠다.

멀리서 새가 날아와 사과나무의 그루터기 위로 내려앉아 울었다.

"흑 흑. 숲이 모두 사라져 버렸어. 사과나무마저 사라져 버렸구나."

난 슬퍼하는 새를 달래며 물었다.

"도대체 이게 무슨 일이야. 왜 모든 나무가 사라져 버린 거지?"

"사실 좀 오래전부터 인간들이 숲에 찾아왔었어. 무슨 일로 왔는지 알 수 없었지만, 그 인간들이 어느새 숲의 거의 모든 큰 나무들을 다 베어 갔어. 이곳에 남은 건 작은 나무. 너뿐이구나."

새는 숲이 없어져 다른 터전을 찾아 떠날 거라고 말했다.

"떠나다니, 어디로? 나만 남기고 가는 거야?"

"어쩔 수가 없어. 우리도 살아가려면 먹고 쉴 수 있는 새로운 터전을 찾아야 해."

불안감이 엄습했다. 텅 비어버린 숲. 죽어버린 나무들의 밑동과 풀만 남아버린 이곳에 혼자만 남게 되는 걸까. 나는 떠나가려는 새를 다급하게 붙잡았다.

"내가 커다란 나무가 될게. 그리고 이전의 사과나무처럼 너희에게 열매를 나누고 그늘을 제공할게 그러니 떠나지 마."

하지만 새는 슬픈 표정을 지어 보이며 말했다.

"많은 동물이 살아가려면 너 혼자만으론 힘들 거야. 나중에 네가 자라서 커다란 나무가 되고 숲이 돌아오면 우리도 돌아올게."

숲이 언제 돌아오는데? 그게 가능한 일인가? 그 많던 나무들이 다 베어지고 사라져 버렸는데.

내가 절망하는 사이 새는 곧 멀리멀리 날아가 버렸다.

아주 멀리. 그루터기들 사이로 사슴도 다람쥐도 토끼도 모두 숲을 떠나는 모습이 훤히 내려다보였다.

지진인 줄 알았던 소리와 진동들은 저 나무들이 쓰러지는 소리였겠구나. 사과나무는 그 모습을 보고 그렇게 슬픈 표정을 지었던 거구나.

그 와중에 어떻게 나를 달랠 생각을 했을까?

그가 베어져 나갈 때 어찌 나는 잠만 자고 있었을까.

나무들이 사라진 숲에는 어느덧 자라다만 작은 나무 한 그루와 잔디, 몇몇 풀들만이 남았다.

또다시 비바람이 불었다.

점점 거세지던 비바람은 이제는 숲도 무엇도 아닌 이 땅 위의 식물들을 거세게 몰아 부쳤다.

어느덧 시간이 흘러 나도 제법 나무 같은 나무가 되어있었다. 여전히 커다란 나무와 비교하면 작은 크기였지만 사과나무의 그늘이 사라지니 햇빛도 듬뿍 받고 뿌리도 잔디들보다 더 깊은 곳까지 쭉쭉 뻗어 많은 양분을 먹었다. 그 덕에 줄기도 굵어지고 가지와 잎도 제법 많이 자라났다.

물러진 흙 아래로 잔디와 풀들이 떠내려가지 않기 위해 나의 뿌리를 붙잡는 것이 느껴졌다.

아래로 잔디들이 말하는 것이 들려왔다.

"조심해, 서로를 붙잡아. 떠내려가지 않도록!"

"꼭 붙잡아야 서로를 살릴 수 있어!"

잔디들이 물줄기와 비바람에 날려가지 않도록 서로를 꼭 붙잡고 있었다.

그때도 사실은 내가 떠내려가지 않도록 붙잡아 주었던 걸까?

사과 열매에 깔려 다쳤을 때 비바람을 버렸던 때가 생각이 났다. 당시에는 아픈 나를 옥죄어 괴롭히는 줄로만 알았는데, 인제 보니 떠내려가지 않도록 꼭 붙잡아 주었던 모양이다.

난 그들의 뿌리를 꼭 맞잡았다.

폭풍이 지나고 해가 뜨자 숲은 이전보다 더 처참한 모습을 하고 있었다. 나와 주변의 풀들은 겨우 버텨 냈지만, 주변에 맞잡을 나무가 없는 곳은 흙이 무너지고 풀들도 어디론가 떠내려가거나 뿌리째 뽑혀 땅 위를 나뒹굴고 있었다. 거센 폭풍을 무사히 버틴 것에 감사해야할지, 눈앞에 펼쳐진 광경에 좌절해야 할지 마음이 복잡했다.

한동안은 맑은 날이 계속되었다. 땅에 강줄기처럼 고여있던 물들도 사라지고 흙들도 제 모습을 찾았다. 숲은 여전히 엉망인 모습이었지만 조금씩 푸르름이 돌아나고 있었다. 저 멀리서는 알록달록 색색이 꽃들이 피어나는 모습도 보였다.

다행이라는 생각을 하며 언덕 아래를 바라보고 있는데 부우웅 하고 귓가를 울리는 낯선 소리가 인사를 건넸다.

"안녕? 잠깐 쉬었다 가도 되니?"

처음 보는 모습에 숨이 절로 삼켜졌다. 작고 노란 몸에 얇은 날개로 날아다니는 모습이 분명 새는 아니었다. 다리가 여섯에 더듬이가 있는 것을 보면 벌레였다. 벌레들은 주로 나무를 파먹으며 살아가기 때문에 조금 겁이 났지만 오랜만에 보는 새로운 얼굴이 반가워 선뜻 대답하고 말았다.

"그럼! 충분히 쉬었다 가렴."

"고마워. 조금 배가 고픈데 네 꽃의 꿀을 좀 나눠 줄 수 없겠니?"

"꽃? 꽃이라고?"

벌레의 말에 놀라 내 가지들을 바라봤더니 정말 꽃이 한 송이 예쁘게 피어있었다. 놀라는 내 모습에 벌레는 의아해했지만 내가 선뜻 그러라고 하자 벌레는 꽃 위에서 휴식을 취하고는 꿀을 조금 가지고 떠나갔다.

조금 아쉬운 마음이 들었다.

다음날이 되자 신기하게도 나의 가지엔 좀 더 많은 꽃이 피어났다. 시간이 갈수록 더욱 풍성하게 새하얀 꽃이 피었다. 아래에서 잔디들이 감탄하며 놀라워했다.

"멋지다! 정말 예쁜 꽃이야"

"꽃이 지면 너도 맛있는 열매를 맺겠구나"

그 말이 마음에 와닿았다.

"열매"

나도 열매를 맺게 된다. 그러면 다시 새들과 동물들이 이곳을 찾아올까? 과거 사과나무와 동물들이 즐겁게 이야기하던 모습이 떠올랐다. 기대감이 들었다.

"안녕?"

얼마 전 찾아왔던 벌레가 찾아와 인사를 했다. 벌레는 자신을 벌이라고 소개했다.

"이전엔 고마웠어. 새로운 터전을 찾던 도중에 들렀어. 오늘은 친구들도 같이 왔는데 좀 쉬었다 가도 될까?"

주위엔 똑같이 생긴 벌레들이 붕붕거리며 가지 위의 꽃을 기웃거렸다. 수가 많아 조금 무서웠지만 다행히 모든 벌이 쉴 수 있을 만큼의 꽃이 피어났기 때문에 그러라고 했다.

"고마워 아카시 나무야. 새로운 터전을 찾고 있는데 이 주변을 지날 땐 꽃과 나무가 없어서 곤란했었어."

아카시 나무.

벌들은 나를 아카시 나무라고 불렀다. 그제야 내가 어떤 나무인지 알 수 있었다. 생소한 이름이었다.

"나는 사과나무가 아니었구나."

사과나무가 옆에 있었기에 이번에도 나는 사과나무가 아닐까 하는 생각을 가졌었다. 그리고 당연히 그 사과나무처럼 나 또한 맛있는 열매를 맺을 것이라 확신했었는데. 아카시 나무는 어떤 나무인 걸까. 문득 불안감 들었다.

"사과나무?"

의아해하는 벌들에게 사실 이곳은 나무와 풀들이 풍성한 곳이었고 내 옆엔 밉지만 멋진 사과 나무가 한그루 있었다고 말해 주었다.

"누구나 다 좋아했지만 나를 다치게 했던 그 나무를 난 좋아하지 않았어. 하지만 지금은 그 나무와 그 나무를 좋아하던 동물들이 그리워. 나도 그 나무처럼 많은 동물에게 열매를 나눠주고 쉴 공간을 주는 존재가 될 수 있을까?"

벌들은 슬퍼하는 나를 다독이며 말했다.

"걱정하지 마. 시간은 걸릴 테지만 곧 그렇게 될 거야. 우리가 도와줄게."

벌들은 다음날도 또 다음날도 찾아왔다. 덕분에 외로움은 가셨지만, 매번 꽃을 헤집거나 꿀을 너무 가져가는 바람에 지치기도 했다.

어느 날은 벌들이 작은 씨 하나를 들고 왔다.

"이것 봐! 저기 언덕 밑에 있던 작은 나무가 씨앗을 맺었어."

"이제 조금씩 새로운 새싹들이 자라날 거야."

벌들의 말대로 시간이 지나자, 언덕 아래로 한쪽에는 알록달록 꽃들이 봉오리를 터트리고 드문드문 나무가 될 싹들이 고개를 드는 것이 보였다.

이후에도 벌들은 날이 더워질 때면 찾아와 나의 시선에는 닿지 않는 세상 이야기를 들려주었다.

그 사이 나의 가지에는 여러 번 꽃이 피었다 지기를 반복했다. 하지만 사과나무가 아니었던 나에게는 풍성한 열매가 자라지 않았다. 열매는커녕 말라비틀어진 거대한 콩깍지 같은 씨들이 생겼다가 떨어져 나가곤 했다. 언덕 아래에 자란 작은 나무들에서는 작은 열매가 자라는 것이 보였지만 그들보다 커다란 나에겐 언젠가 동물들이 찾아와도 줄 수 있는 것이 없었다.

과거. 사과나무가 동물들과 지내는 것을 바라보기만 했던 것처럼 동물들이 돌아와도 또다시 나는 섞이지 못하고 바라보기만 할수 밖에 없는 걸까.

그보다 정말 동물들이 다시 돌아오기는 하는 걸까?

"안녕?"

작은 새가 포르르 날아와 익숙한 목소리로 귓가를 간질였다. 내가 커다란 나무가 되고 숲이 원래의 모습으로 돌아오면 찾아오겠다고 했던 그 새였다.

"안녕! 오랜만이야! 돌아왔구나."

반가운 마음에 급하게 인사를 했다. 하지만 새는 나를 알아보지 못하는 모습이었다.

"나야. 사과나무 옆에 있던 작은 나무."

나의 말에 새가 깜짝 놀라 가지 위를 통통 튀며 내 모습을 내려다보았다.

"아니 그 작은 나무가 이렇게나 자랐단 말이야? 정말 커다란 나무가 되었구나. 예쁜 꽃도 피었어."

새는 근처를 지나다 그리운 마음에 이곳에 들렀다고 했다. 숲에 나무와 풀들이 다시 자라나고 주변에 먹을 수 있는 열매들이 많이 열렸다고 했다.

"그러면 혹시 다시 돌아올 생각은 없니?"

이번에도 새를 붙잡듯 말했다. 가지를 자유롭게 움직일 수만 있다면 정말 그러고 싶었다.

"안 그래도 다시 돌아올까 생각 중이야. 어디를 가도 이곳만큼 좋았던 곳이 없었거든."

너무 기뻐서 눈물이 터졌다. 새는 한동안 다른 터전을 전전하느라 힘들었다는 넋두리를 하고는 다른 동물들에게도 숲이 이전처럼 돌아왔다는 이야길 전해야겠다며 날아갔다.

"여기요오. 멋진 나무님, 안녕하세요오."

떠나는 새를 바라보던 내 귓가에 작은 소리가 들렸다. 이건 누구의 목소리지? 주변을 아무리 살펴도 말을 걸어 온 이는 보이지 않았다.

"여기에요! 아래를 봐요."

작은 목소리를 따라 아래를 내려다보니 주변의 잔디들 사이로 나와 닮은 잎을 가진 작은 싹 하나가 뿅 하고 올라와 있는 것이 보였다. 작은 싹은 나를 보며 말했다.

"나무님. 이쪽으론 가지를 뻗지 말아 줄래요? 조금만 더 뻗으면 저에게 햇빛이 닿지 않을 거예요."

사과나무의 그늘에 가려 햇빛을 못 봐 투덜거리던 내 모습이 떠올랐다. 나는 그의 말대로 그쪽으론 더 이상 가지를 뻗지 않기 위해 노력했다. 애써 자란 친구를 힘들게 하고 싶지 않았다. 덕분에 나는 새싹과 제법 친해질 수 있었다.

새싹은 이따금 주변의 잔디와 풀들이 말이 너무 많다며 투덜거렸다.

"말은 조금 밉게 하지만 네가 힘들 때 도와주는 좋은 친구들이야. 그러니 너무 미워하지 마."

"치. 나무님도 내 편이 아니군요."

"흥"하고 콧방귀를 뀌는 모습이 귀여워 웃음이 나왔다.

시간이 지나자, 숲을 떠났던 사슴과 다람쥐, 토끼들도 다시 숲으로 돌아오기 시작했다. 새의 이야기를 듣고 그리운 고향으로 다시 돌아왔다고 했다. 이전의 사과나무와 나를 알던 동물들은 크게 자라난 나를 보며 하나같이 깜짝 놀랐다. 나는 그런 그들 모두를 반갑게 맞이했다. 그리고 작은 싹도 소개해 주었다. 작은 싹은 처음엔 무서워 했지만, 동물들이 싹을 밟지 않도록 배려하자 조금씩 마음을 열었다.

나는 여전히 탐스러운 열매는 맺지 못했다. 하지만 풍성한 꽃이 필 때면 벌들에게 꿀을 나누고 나를 찾은 동물들이 편히 쉬다 갈 수 있도록 가지를 넓게 뻗어 그늘을 만들어 주었고 이전과 달리 많은 동물 친구들과 살갑게 지내게 되었다.

가끔 민폐 덩어리였지만 내 우상이었던 사과나무가 그랬던 것처럼.

서린이의 검은띠 따기 프로젝트

쏘쏘

쏘쏘   태권도 하는 아들을 키우는 엄마입니다. 한 걸음 한 걸음 나아가는 아들의 꿈을 온 마음
       을 담아 응원합니다.
       아들의 꿈을 함께 응원해주시는 서린태권도 석영준 관장님께도 감사드립니다.

"얘들아, 나 오늘 태권도 가면 검은띠 받는다~."

오늘 검은띠를 받게 될 주인공은 우리 반 반장 남기범이다. 기범이의 한마디로 아이들의 시선이 모두 기범이에게로 집중되었다. 그때 기범이가 날 쳐다보았다. 기범이와 눈이 마주치는 순간 난 심장이 콩다닥 뛰기 시작했다.

"서린아, 넌 무슨 띠였지?"

눈치 없기로 소문난 승용이가 나에게 물었다.

"나…? 나 아안… 아… 직…."

나의 대답이 채 끝나기도 전에 도원이가 장난기 가득한 얼굴로 나를 겨냥해 커어다란 화살을 날렸다.

"서린아, 설마 너 아직 초록띠는 아니지?"

도원이는 지난달까지 나와 같은 초록띠였다. 얼마 전 있었던 승급심사에서 도원이는 파도가 넘실대는 듯한 바다 빛깔을 띤 파란띠를 받았다. 도원이가 파도처럼 넘실대며 아직도 초록띠냐고 나에게 묻는 이유는… 그렇다. 승급심사에서 나 혼자만 보란 듯이 떨어졌기 때문이었다.

"에잇, 설마… 2학년이?"

"태권도 관장님 아들인데?"

아이들은 저마다 제각기 다른 화살을 쏘아대기 시작했다. 그 화살들이 날아오는 소리가 내 귓가를 맴돌고는 내 머릿속을 한바탕 헤집어 놓았다. 그러더니 결국 깊숙이 숨겨둔 내 마음을 찾아내고야 말았다. 도원이의 화살이 그대로 내 마음에 명중한 것이다.

"야! 편도원, 그만해."

기범이의 한마디로 상황은 마무리되었지만, 내 마음속까지 날아든 화살은 이미 콕 박혀버렸다. 수업 시간이 끝날 때까지 화살을 빼보려고 아무리 노력해도 잘 빠지지 않았다. 그럴 때마다 화살이 박힌 구멍만 점점 더 커질 뿐이었다.

나는 화살이 박힌 채 학교를 마치고 집에 돌아왔다. 내 마음속 커다랗게 뻐엉 뚫려버린 구멍은 쉽사리 사라질 것 같지 않다. 나는 구멍 속을 물끄러미 쳐다보았다. 그때 저 끄트머리 한 구석에 추억 한 오라기가 나풀거리는 게 보였다. 누가 볼까 봐 외진 곳에 잘 숨겨 놓았던 추억이었다. 나풀거리는 추억 한 오라기가 거슬리기 시작했다. 나는 있는 힘껏 손을 뻗어 가까스로 나풀거리는 추억 한 오라기를 움켜잡았다. 그 한 오라기의 추억은 나를 어딘가로 이끌었다.

"서린아, 나 오늘부터 유치원 끝나면 바로 너희 아빠 도장으로 간다아~~."

"진짜? 그럼 너 이제 태권도 시작하는 거야?"

나풀거리던 추억 한 오라기 끝에는 7살의 나와 기범이가 있었다. 나는 7살이 되던 해부터 태권도를 시작했다. 사실 솔직히 말하면 내가 태권도를 시작한 이유는 유치원에서 나와 가장 친한 친구인 기범이가 태권도를 시작했기 때문이었다.

"우와~, 그럼 이제 나랑 같이 집에 가는 거야?"

"응, 태권도 완전 재밌겠다. 그치?"

오늘부터 기범이는 태권도를 시작한다고 했다. 기범이는 태권도를 시작한다는 설렘에 안 그래도 큰 눈동자가 더욱 반짝이며 빛이 났다. 하지만 난 기범이와 함께 집에 갈 수 있다는 설렘에 잔뜩 들떠 있었다. 우리는 말 그대로 동상이몽이었다. 보름달같이 동그란 두 눈이 부리부리한 기범이는 무엇이든 잘하는 아이였다. 그래서 유치원에서 인기가 가장 많았다. 나와는 정반대의 성격이었지만, 그래서였을까? 나와는 다른 기범이가 나는 너무 좋았다.

기범이와 태권도를 시작한 지 두 달이 지났다. 어느덧 수박향이 물씬 풍기는 여름이 되었다. 기범이는 여전히 태권도장에 가는 것을 좋아했고, 나 역시 기범이와 함께 하원하는 것이 좋기만 했다. 그날도 평소와 다름없는 날이었다. 기범이와 내가 도장에 들어서는데 태권도장의 아이들 모두 도복을 차려입고 있었다.

바로 오늘이 그날, 승급심사의 날이었던 것이다. 태권도는 원래도복을 입어야 하는 운동이지만, 평상시 아이들이 편하게 옷을 입고 와도 운동하는 데는 별 상관이 없다. 하지만 승급심사의 날만큼은 모든 아이들이 흰 눈처럼 하이얀 도복을 입고 오방색을 띤 자신의 띠를 매고 와야 한다. 태권도에서 그것은 예의를 갖추는 것과 같은 것이다. 이날만큼은 우리도 태권도복을 입고 흰띠를 메고 자리에 앉았다.

"여러분, 안녕하세요? 한경현 관장입니다. 오늘은 승급심사가 있는 날이라는 것 모두 알고 있죠?"

"네!!"

관장님의 말씀에 태권도장 안에 있는 아이들이 건물이 떠나갈 정도로 쩌렁쩌렁하게 대답했다.

"지금까지 배운 대로만 하면 됩니다. 자신의 실력과 역량을 마음껏 발휘하고 발전하는 기회가 되길 바라요. 자 이제 시작합니다. 첫 번째 순서는 최재호!!"

"콩, 콩닥, 콩다닥, 쿵, 쿵덕, 쾅…."

심장이 내 마음의 문을 두드리기 시작했다. 처음에는 손가락으로 노크를 하는 듯했다. 시간이 지날수록 손가락은 손바닥이 되었고, 손바닥은 이제 주먹으로 변해 그 문을 두드리고 있었다.

"쾅! 쾅! 쾅!"

마음의 문이 무너져 버리기 일보 직전이다. 이런 나의 마음은 아직 그 누구도 눈치채지 못한 것 같다. 그렇게 심사는 계속 이어졌다. 기범이의 차례였다.

"남기범"

"네! 서린아, 다녀올게."

"으응, 기… 이… 버… 범이 파이팅!"

간신히 내 목을 뚫고 기어 나온 개미만 한 목소리로 기범이를 응원했다. 기범이가 심사하는 동안만큼은 쿵쾅대는 심장을 꽈악 움켜쥐고 나는 기범이를 보았다. 기범이는 한 치의 실수 없이 완벽 그 자체였다. 그렇게 기범이 차례가 끝나자 내 심장은 더 크게 문을 '쿵쿵 쾅쾅' 두들겨 대기 시작했다. 그때였다.

"하…"

"한!"

"한! 서! 린!"

나를 부르는 우리 아빠… 가 아니라 관장님의 목소리가 어렴풋이 내 귓가를 스쳤다. 주위를 둘러보았다. 태권도장 안에 있던 아이들의 시선이 나에게 머무른 것을 보고 나서야 나는 내 차례임을 직감했다. 나는 쿵쾅대는 심장을 꼬옥 잡고 나서야 겨우 심사대에 올랐다. 생땀이 비적비적 나기 시작했다. 나의 결과는 처참했다. 나중에 기범이가 얘기해 준 건데 관장님이 내 이름을 서너 번은 더 넘게 부르셨다고 한다. 아마 그때 나는 깨달았던 것 같다. 내가 태권도를 좋아하지 않는다는 것을…….

그날 이후부터였던 같다. 나의 시간은 거북이처럼 느릿느릿 기어가기 시작했다. 하지만 기범이의 시간은 나와는 반대로 토끼 마냥

깡충깡충 나를 앞질러 뛰어갔다. 그리고는 어느새 내 시야에서 사라져 버렸다. 원래 '토끼와 거북이'에서는 둘이 경주하는 도중에 토끼가 낮잠을 자서 결국 거북이가 이기는 이야기이다. 그래서 나는 기범이가 낮잠을 자기를 기다려보기도 했다. 하지만 아무리 기다려 봐도 기범이는 낮잠 잘 생각은커녕 더 열심히 껑충껑충 뛰어가는 게 아닌가! 나 역시 경주에서 낮잠을 자지 않았지만, 토끼를 이길 수는 없었다. 토끼와 더 이상 경주하고 싶지 않았다. 나는 그때 알았다. 처음부터 기범이와 나와의 경주에 토끼와 거북이는 없었다는 것을……. 나는 '나'이고, 기범이는 '기범'이라는 사실을 너무 늦게 깨달았다.

그렇게 나는 나만의 경기에 집중하기로 했다. 나만의 경기에 푹 빠져 열심히 달려왔다 생각했지만, 기범이가 검은띠를 딸 때까지 나는 초록띠밖에 따지 못했다. 나는 사실 초록띠도 나쁘지는 않았다. 왜냐하면 내가 태권도를 좋아하지 않는다는 게 인정받는 순간 같기도 했기 때문이다. 또 그 순간만큼은 내 마음이 살포시 위안 될 때가 많았다. 초록띠만큼 푸르고 청량한 나날이 계속될 것 같았다. 고요했던 내 마음에 천둥 번개가 다시 요동치기 시작했던 건 아마 문기언이 검은띠를 땄을 때부터였다.

"야~ 우리 반에도 이번 달에 검은띠 따러 가는 애가 있대."
"그게 누군데?"
장난꾸러기 도원이의 한 마디에 눈치 없는 승용이가 물었다.

"문기언이잖아! 걔가 이번에 검은띠 심사받는다던데?"

"진짜야? 서린아?"

이번에 재호까지 목소리의 볼륨을 높인다.

"내가 그걸 어떻게 아니?"

나는 미간을 찌푸리며 대답했다.

"서린이 너희 아빠가 관장님이잖아. 너희 집일인데 넌 그것도 몰라?"

재호는 한 번 더 목소리의 볼륨을 높였다. 나의 갈고리 눈이 있는 대로 벌어졌지만, 나는 아무 대답도 할 수 없었다. 재호가 키워 놓은 목소리의 볼륨 소리는 시간이 지나도 여전히 나의 귓바퀴를 맴돌았다. 학교를 마치고 집으로 돌아가는 내도록 내 귓가를 떠나질 않는다.

나는 아이들이 내가 관장님 아들이라는 이유로 태권도를 엄청 잘할 것이라고 생각하는 것 자체가 도무지 이해되질 않았다. 만약 진짜 그렇게 단순한 이유로 내가 태권도를 잘할 수 있는 거라면, 아빠가 과일 가게를 하면 맛있는 과일, 맛없는 과일을 눈으로만 구분할 수 있어야 하는 게 아닐까? 정육점 가게 아들은 고기 색깔만 봐도 어느 부위인지 맞출 수 있어야 하는 걸까? 빵을 먹고 밀가루, 우유, 버터 비율을 알아야 빵집 가게 아들로 태어날 수 있는 것도 아닌데…. 나는 항상 뭔가 억울하고 궁금했다. 내 이름부터……

"아빠, 아빠는 왜 내 이름을 서린이라고 지은 거예요?"

나는 집으로 돌아가자마자 아빠에게 물었다. 사실 지금까지 궁금했던 적이 한두 번이 아니었다. 혹시나 아빠가 화를 내거나 상처를 받을까 봐 차마 묻지 못한 그 질문을 오늘은 하고야 말았다. 나는 이제 더 이상 아빠만 생각할 수 없었다. 그러기엔 이미 내 마음은 화살 자국으로 뻐엉 뚫려 흉터만 남았다. 또 아이들의 목소리는 잦아들지 않고 내 귓바퀴를 계속 맴돌았기 때문이다. 그래서 용기를 내어 아빠에게 물어보았다.

"우리집이 '서린태권도'인데, 내 이름을 왜 서린이라고 지었어요?"

"지금까지 서린인 이름이 마음에 안 들었던 거야?"

아빠가 화가 난 건지 웃는 건지 알 수 없는 아리송한 표정으로 나를 쳐다보았다. 화를 엄청 낼 줄 알았던 나는 아빠의 아리송한 표정에 끝까지 용기를 내어 보기로 했다.

"마… 마음에 안 드는 건 아니지만…, 그래도 왜 내 이름을 그렇게 지었어요??"

머뭇거리는 나의 질문에 아빠가 대답하셨다.

"서린아, '서린태권도'는 아빠가 어릴 때 다니던 도장의 이름이란다."

"그럼 지금 우리 태권도장이 아빠가 어릴 때 다니던 곳이라는 거예요?"

"그게 아니라, 아빠가 어릴 때 다니던 도장의 이름이 '서린태권도'였어. 근데 그 서린태권도의 관장님, 그러니까 아빠의 스승님인 관장님께서 다니시던 태권도장의 이름도 '서린태권도'였단다."

아빠가 설명을 하고 있지만, 나는 도통 이해가 되지 않는다. 무수히 많은 말들이 줄줄이 비엔나가 되어 한쪽 귀로 들어갔다가 다른쪽 귀로 나오고 있다. 내가 멍한 표정으로 아빠를 바라보자 아빠는 줄줄이 비엔나를 하나씩 나의 귓구멍 속으로 천천히 넣어주셨다. 그때서야 나는 조금은 이해할 수 있을 것 같았다.

"서린아, 아빠가 어느 초등학교를 나왔지?"

"월암초등학교!!"

나는 자신 있게 대답했다.

"그렇지, 아빠가 월암초등학교를 졸업했지? 아빠는 학교 근처에 있던 태권도를 다녔는데, 그 태권도장의 이름이 '서린태권도'였어."

"그럼 아빠가 어릴 때 다녔던 태권도장 이름이 '서린태권도'라서 우리도 '서린태권도'라고 이름을 지은 거예요?"

하나의 질문이 꼬리에 꼬리를 물어 질문의 끝이 보이지 않았다. 그래도 아빠는 하나씩 나를 이해시켜 주기 위해 최선을 다하셨다.

"그렇다고 볼 수 있지. 우리 서린이가 이해할 수 있는 나이가 되면 아빠가 설명해주려고 했는데, 우리 서린이가 벌써 이만큼 자랐구나!"

"에이~, 그럼 유치하게 아빠가 다닌 도장 이름이라서 그냥 지었던 거예요? 그것도 내 이름까지?"

내 이름을 '서린이'라고 지은 이유가 마치 보물상자를 찾아 열어볼 수 있을 것만 같이 생각했던 나는 그저 그런 뻔한 이유 때문인 것에 실망하던 찰나였다.

"우리 서린이, 석영준 관장님 알지? 석영준 관장님이 '서린태권도' 관장님이셨어."

"눈이 똥그란 무서운 할아버지 관장님이요?"

석영준 관장님은 아빠의 태권도 선생님이다. 아빠는 '관장님'이라고 부르지만, 나는 '할아버지 관장님'이라고 하는 게 편했다.

"아빠가 다녔던 도장의 석영준 관장님도 아빠처럼 어린 시절이 있었단다. 어린 시절 석영준 관장님께서 아빠처럼 초등학생 때 다녔던 태권도장의 이름이 '서린태권도'였단다."

"그럼 '서린태권도'가 아빠의 관장님, 할아버지 관장님이 어렸을 때 다녔던 태권도장의 이름이었다고요? 그럼 할아버지 관장님이 어릴 적 다녔던 태권도장의 이름이 '서린태권도'였고, 할아버지 관장님의 태권도장이 '서린태권도'였고, 지금 아빠의 태권도장 이름이 '서린태권도'니까…, 대체 그게 뭐야~~~. 전부 따라쟁이예요? 왜 이렇게 똑같이 지었어요?"

태권도장 이름을 복사해서 붙여 넣는 것도 아니고 나는 도무지 이해가 되지 않았다. 그렇다고 프랜차이즈처럼 본사가 있어서 운영되는 태권도장도 아니다. '따라쟁이'라는 말에 아빠가 한바탕 크게 웃으셨다.

"하하, 서린이한테는 그게 그렇게 보였겠구나! 근데 그런 게 아니라 석영준 관장님께서 어릴 때 다니던 '서린태권도'의 관장님 존함이 '송자 형자 달자, 송형달' 관장님이신데, 송형달 관장님의 제자들 중에서 몇몇이 스승님을 존경하는 마음을 담아 '서린태권도'라고 자신의 도장 이름을 그렇게 지으셨대."

"석영준 관장님은 할아버지 관장님이니까 송형달 관장님은 왕할아버지 관장님이라 부르면 되겠다. 근데 아빠는 왕할아버지 관장님의 제자가 아니잖아요? 근데 왜 '서린태권도'라고 지은 거예요?"

질문의 꼬리 잡기는 끝날 기미가 보이지 않았다. 이해가 될 듯 안 될 듯 알쏭달쏭한 표정으로 입을 빼쭉 내밀며 아빠에게 다시금 물었다.

"아빠는 할아버지 관장님께 배웠지. 그리고 할아버지 관장님께서 보여주신 스승님을 존경했던 마음을 본받고 싶었단다. 그래서 석영준 관장님에 대한 존경심과 석영준 관장님의 마음에 대한 존경심을 담아서 아빠도 '서린태권도'라고 지은 거야. 아빠는 '서린'이라는 이름이 참 좋았거든. 아빠의 추억이 가득 담겨 있기도 하고. 그래서 우리 아들 이름을 서린이라고 지었지."

전부 다 기억하기도 어려웠고 다 이해하는 건 더욱 어려웠지만, 아빠의 마음만은 왠지 알 수 있을 것 같았다.

"아빠는 '서린'이라는 이름이 왜 좋았어요?"

"처음 왕할아버지 관장님께서 이름을 지으셨을 때 '서녘 서(西)'자에 '이웃 린(隣)'자를 써서 '서린'이라고 지으셨대. 서쪽은 해가 기우는 쪽을 의미하기도 하니까 어두울 때도 이웃을 도울 수 있는 그런 의미 같잖아. 아빠는 그런 사람이 되고 싶었거든. 그래서 태권도를 하기도 했었고, 아빠가 태권도를 무척 사랑하기도 했으니까 그랬던 거 같구나."

'나는 태권도를 전혀 사랑하지 않는데….'

라는 말이 나의 목구멍을 타 넘으려고 시도하는 것을 막느라 나는 진땀을 뺐다. 왠지 오늘은 그런 말을 하면 안 될 것 같았다. 왜냐면 아빠의 눈빛에 따스함을 품은 사랑이 그득했기 때문이다. 대체 그건 무슨 사랑일까? 궁금했지만 나는 더 이상 질문을 하지도 않았다. 오늘은 내 이름을 왜 하필 '서린'이라고 지었는지 궁금증이 해결된 것만으로도 만족하는 하루였기 때문이다.

아빠가 태권도를 사랑하는 그 마음과 이웃을 사랑하는 왕할아버지 관장님의 마음, 그런 관장님을 존경하는 할아버지 관장님의 마음, 그런 관장님을 또 존경했던 아빠의 마음까지 내 이름에 고스란히 담겨 있다고 생각하니 쭈글쭈글 했던 내 가슴이 다림질로 좌악 퍼지는 것 같이 활짝 펴졌다. 친구들이 놀려도 이제 하나도 부끄럽지 않을 것 같았다.

아빠는 나중에 내가 커서 어른을 공경할 줄 아는 사람이 되었으면 좋겠다고 했다. 그리고 어벤저스 같이 이웃을 도와줄 수 있는 사람이 되었으면 해서 이름을 그렇게 지은 거라고 말씀하셨다. 나는 아빠에게 그런 사람이 되겠다는 약속을 할 수 없었다. 아니 사실 못했다.

하지만 왕할아버지 관장님, 할아버지 관장님, 아빠까지 지켜오신 '서린'이라는 이름을 조금 더 소중히 여겨야겠다는 마음이 들었다. 소중한 사람들의 마음이 담긴 내 이름을 나만큼은 사랑하고 아껴야겠다는 생각이 들었다. 그리고 태권도를 좋아하지는 않지만 검은띠 딸 때까지 절대 포기하지 않으리라 나 자신에게 다짐했다.

"얘들아, 나 오늘 태권도 가면 검은띠 받는다~."

오늘 검은띠를 받게 될 주인공은 지난번 나를 놀리던 파란띠의 주인공 편도원이다. 도원이의 한마디로 아이들의 시선이 모두 도원이에게로 집중되었다. 기범이와 내 눈이 마주치는 순간 난 기범이에게 아무렇지 않은 듯한 표정으로 웃으며 어깨를 들썩여 보였다.

"서린아, 넌 무슨 띠였지?"

여전히 눈치없는 승용이가 또 나에게 물었다.

"나? 나는"

"서린아, 설마 너 아직 품띠도 못 딴 건 아니지?"

나의 대답이 채 끝나기도 전에 장난꾸러기 승용이는 이번에도 나를 겨냥해 커어다란 화살을 날렸다.

"에잇, 설마…."

"태권도 관장님 아들인데?"

아이들은 또다시 제각기 또 다른 화살을 나를 향해 쏘아대기 시작했다. 그 화살들이 날아오는 소리가 내 귓가를 맴돌았지만, 이번만큼은 내 마음에 명중하지 못했다.

"그래, 나 아직 빨간띠야."

나는 벌떡 일어나 책상을 짚으며 당당하게 말했다. 나의 당당함에 아이들 모두 꿀 먹은 벙어리가 되었다. 내가 생각해도 대견스럽게 행동했다고 생각하려는 찰나였다.

"아직 빨간띠야? 나도 작년에 품띠 땄는데….."

느닷없이 종훈이가 나를 겨냥해 더 큰 화살을 날렸다.

"지금은 빨간띠지만, 이번 승품심사에서 품띠 딸 거야."

나는 용기 내어 한 번 더 화살을 막아냈다. 근데 더 이상 막을 힘이 남아있을지 모르겠다. 그때였다.

"나는 이번달부터 태권도를 시작해서 이제 흰띠거든? 흰띠면 어때? 문제 있니?"

우리 반 새침데기 원영이가 입이 뾰로통하게 내며 말했다. 나는 원영이를 슬쩍 보았다.

"암튼 남자애들은 유치해. 띠가 무슨 색인지 대체 왜 중요한 거야?"

원영이 옆에 앉아있던 예랑이도 한마디 거들었다.

"얘들아, 이제 수업시작하거든. 조용히 하고 다음 시간 준비하자."

기범이의 목소리에 아이들은 자리로 돌아가 책을 준비했다. 나는 내가 이제 괜찮을 줄 알았지만 그게 아니었다. 그런 내 모습에 나는 머리를 긁적이며 면구스럽게 혼자 웃음이 터져 버렸다.

우리는 그렇게 5학년이 되었다. 나를 놀려대던 아이들은 대부분 태권도를 그만두었다. 나는 여전히 품띠를 따지 못했다. 하지만 고학년이 되자 아이들의 화살은 더 이상 나를 겨냥하지 않았다. 나를 놀리며 즐거워했던 아이들은 이제 나를 부러워하기 시작했다. 나의 띠 색깔은 그때 빨간색에서 멈추었지만, 그 색깔의 의미는 더 이상

없어진 것 같았다. 장난꾸러기 편도원도 이제는 나를 부러워한다. 내가 태권도 관장님의 아들이기 때문에 태권도를 계속하고 있기 때문이다.

"서린아, 오늘은 꼭 품띠 딸 수 있을 거야!"

오늘은 승품심사 있는 날이다. 나의 단짝 친구인 기범이가 나를 격려해 주었다. 기범이도 이제 태권도를 하지 않는다. 5학년이 되면서 다른 아이들과 마찬가지로 영어학원을 다니면서 바빠졌기 때문이다. 하지만 나의 검은띠 따기 프로젝트는 아직도 진행 중이다. 나는 태권도를 좋아하지 않지만, 포기하지 않겠다는 나 자신과의 약속을 지키기 위해 노력하고 있다.

"기범아…, 나… 너무… 떨려……. 이따가 보… 러… 올 거지?"

심장이 또 쿵쾅대기 시작한다. 손가락으로 두들기던 소리가 점점 더 크게 울려 퍼지기 시작한다. 오늘 승품심사에서 난 품띠를 딸 수 있을까? 대체 언제쯤이면 검은띠를 뗄 수 있는 걸까? 그날이 과연 오긴 할까…?

댕글댕글, 너와 나의 이야기

발행 2023년 9월 20일
지은이 김나은, 김성은, 박효정, 은혜쌤, 백아현, 전선아, 임수연, 열구름, 쏘쏘
라이팅리더 김세실
디자인 전혜민
펴낸이 정원우
펴낸곳 글ego
출판등록 2019.06.21 (제2019-000227호)
주소 서울특별시 강남구 테헤란로216, 12층 A40호
이메일 writing4ego@gmail.com
홈페이지 http://egowriting.com
인스타그램 @egowriting

ISBN 979-11-6666-381-9